A^{t}V

SELIM ÖZDOGAN wurde 1971 geboren und lebt in Köln. Er veröffentlichte die Romane »Es ist so einsam im Sattel, seit das Pferd tot ist« (1995), »Nirgendwo&Hormone« (1996) und »Mehr« (1999) sowie die Stories »Ein gutes Leben ist die beste Rache« (1998).

In 33+1 Geschichten erzählt Selim Özdogan von Momenten, in denen etwas umschlägt, zu Ende geht, eine Kluft deutlich wird, eine Entscheidung fällt. Gott tritt auf, Wahrsagerinnen, Prinzessinnen, Privatdetektive, Träumer, Schriftsteller, meist aber einfache Leute, die plötzlich merken, daß sie den Zwängen nicht entkommen können, und die sich mit erschrockener Wehmut an die Hoffnung erinnern, nicht genau in die Fallen des Lebens zu tappen, in die sie nun, wenige Jahre später, bereits zu geraten drohen. Hauptsache, man atmet, meint der Autor und erinnert lieber an magische, federleichte Augenblicke aus nichts als nice vibes, an gelungene Racheakte und die Zeit, als Gott es gut mit ihm meinte, auch wenn der ihn jetzt nicht mehr in seine zugemüllte Wohnung läßt.

»In ihrem ironisch gebrochenen, naiv chronologischen Erzählton entführen Selim Özdogans Geschichten in die Welt des Konsums, der schnellen Genüsse und der herben Niederlagen. Immer wieder erinnern sich seine meist jugendlichen Helden daran, wie es war, als die Mädels laufen lernten und die sexbesessenen Jungs hinterher.«

Rainer Moritz, Neue Zürcher Zeitung

Selim Özdogan

Ein gutes Leben
ist
die beste Rache

Stories

Aufbau Taschenbuch Verlag

ISBN 3-7466-1479-1

1. Auflage 2000
Aufbau Taschenbuch Verlag GmbH, Berlin
© Rütten & Loening Berlin GmbH 1998
Umschlaggestaltung Preuße & Hülpüsch Grafik Design
Druck Elsnerdruck GmbH, Berlin
Printed in Germany

In normal life I bottle things up and smile.

Iggy Pop

Kiosk

Ich wünschte, ich hätte einen Kiosk. Ich würde nur vier Sorten Zigaretten und drei Sorten Tabak verkaufen. Das Budweiser wäre immer in Angebot, der Vorrat an Jever unerschöplich. Ich würde keine Lightprodukte führen. Ich hätte Tütenweine, Mr.Tom und einige andere Riegel, Zeitschriften, Knabberzeug, Frikadellen, isotonische Getränke, Chips, jede Menge Weingummi. Ich hätte den guten Kirschsaft, den, der mit Wodka am besten schmeckt. Es gäbe Toilettenpapier und Hustensaft, aber Konserven und Fertiggerichte würde man bei mir nicht kaufen können.

Mein Kiosk stünde in einer Großstadt, in einem Viertel, in dem viele junge Leute wohnen. Er wäre an einer Ecke, groß genug, damit man sich drinnen zu viert nicht beengt fühlt. Ich würde erst um elf aufmachen, es gäbe keine Tageszeitungen. Ich hätte aber einen alten Kopierer in der Ecke, einen aus dem nur Kopien voller Streifen und Schlieren kommen, gerade gut genug, daß man sie noch lesen kann. Die Dichter und Schriftsteller und der Rest, der sich dafür hielt, würden ihre Sachen auf dem Teil kopieren, um sie in Umlauf zu bringen.

Während sie die Blätter einzeln auflegten, würden wir uns unterhalten. Sie würden mir von ihren Schwierigkeiten erzählen, die sie mit den Verlagen hätten, dem Alkohol, den Frauen und der Inspiration. Ich würde von den verflossenen Tagen berichten, als ich mich auch als

Dichter versucht hatte, in einer Welt, in der ich dann letztendlich doch Kioskbesitzer geworden bin. Die jungen Talente würden mich achten, und ich würde meine Kritik an ihren Sachen in milde Worte verpacken. Denen, die meiner Meinung nach nichts taugten, würde ich es ins Gesicht sagen, und sie würden die nächsten vier Wochen bei der Konkurrenz kaufen und weiter Worte aneinanderreihen.

Die Laufkundschaft würde sich ständig über die Auswahl an Tabakwaren beschweren, aber meine Position würde es mir erlauben, über so etwas nur gütig zu lächeln.

Die Stammkunden aber würde ich mit Namen begrüßen. Dem kleinen Mädchen aus dem Haus gegenüber würde ich bei den Hausaufgaben helfen, Markus würde ich erst mal ein paar saure Zungen in die Hand drücken, wenn er verkatert in den Laden käme und bei jedem Wort eine Staubwolke aus seinem Mund entweichen würde. Lisa mit den hennaroten Haaren würde jeden Tag eine Packung Schwarzer Krauser kaufen und mir dabei ihr Leid mit ihren Mitbewohnern klagen. Die blasse Petra würde jeden Abend Vitaminsaft kaufen, weil sie sich so ungesund fühlte, und wir würden immer lange über Sex reden, wenn sonst niemand im Laden war. Stephan, der in der Nachtschicht bei der Gepäckverladung am Flughafen arbeitete, würde Petra eines Tages in meinem Kiosk kennenlernen. Die beiden würden heiraten und sich nach zwei Jahren wieder scheiden lassen. Petra würde in der Zeit als Ehefrau kein Wort mehr über Sex verlieren.

Ich würde immer weiter im Laden stehen, immer die neuesten Platten auflegen und mir vorkommen wie Gott. Ich würde das Leben all dieser Leute kennen. Ich würde zusehen, wie sie älter wurden, sich veränderten, einen festen Beruf ergriffen, in einen anderen Stadtteil zogen. Es würden dann und wann neue Leute zuziehen, die meine Stammkunden werden würden.

Diejenigen, die wenig Geld hätten, würden sich an den Wochenenden bei mir treffen, um im Laden noch ein paar Bier zu trinken, bevor sie in irgendeiner Disco oder auf einer Fete einfielen. Einer von ihnen würde die Angewohnheit haben, seine Flasche mit den Schneidezähnen aufzumachen. Ein anderer würde sich im Sommer Juni, Juli, August auf die Schulter tätowieren lassen.

Ich säße mit einer unglaublichen Gelassenheit da und würde eine starke Zuneigung zu den Leuten empfinden. Ich würde ihnen bei Umzügen helfen, ihnen Geld leihen, sie trösten und aufmuntern und ihnen die Musik empfehlen, in die sie sich verlieben würden.

Ich würde also um elf aufmachen und um Mitternacht schließen, 365 Tage im Jahr, im Schaltjahr hätte ich dann einen Tag frei. Ich würde mich von Erdnüssen und Eis ernähren. In den frühen Nachmittagsstunden würde ich immer Zeit zum Lesen haben. Dann und wann würde ich sentimental werden und meinem verpaßten Leben als Schriftsteller nachtrauern. Ich würde in der Ausgabe meines ersten Romans blättern, der unter der Theke läge. Und in den Wühlkisten der kleinen Buchhandlungen. Ich würde träumen, wie der Erfolg wohl gewesen wäre. Ich würde träumen von mehr Geld, von Reisen, von Frauen, vielleicht sogar von Ruhm.

Dann würde Thomas reinkommen oder Tanja oder Inge oder Jochen oder sonstwer, und ich würde aufschrecken. Ich würde mir von ihren Problemen in der Welt da draußen erzählen lassen, lange genug, um mich wieder wohl in meiner Haut zu fühlen.

Abends würde ich einen Jägermeister trinken, bevor ich den Laden schloß. Dann würde ich die paar Stufen zu meinem Zimmer hochgehen und noch eine halbe Seite an meinem Roman schreiben, bevor ich zu Bett ginge. Es würde der großartigste Roman sein, den ich je geschrieben hatte, aber ich würde ihn niemandem zeigen.

Nach neun oder elf Jahren würden die Leute anfangen, mich weltfremd zu nennen, aber sie würden mich immer noch mögen. Es wäre eine wunderbare kleine Welt. Ich wünschte, ich hätte einen Kiosk.

Remix

Ich erwachte von einem Stöhnen aus meinem Traum. Die erotischen Landschaften in meinem Hirn zerbröckelten, bevor ich ein einziges Bild festhalten konnte. Es war heiß, ich mußte dringend pinkeln, ich hatte eine Erektion und einen Kater. Und nebenan stöhnte diese Frau. Samstag morgen, mitten im Sommer, und der gestrige Abend war einfach nichts gewesen, ein sinnloses Abhängen und Begaffen von leicht bekleideten Frauen. Mein Gott, wann hatte ich eigentlich das letzte Mal Sex gehabt? Und wieso hatte mein Mitbewohner gestern nacht und somit auch heute morgen mehr Glück als ich?

Wie diese Frau stöhnte, es war unglaublich. Sie schien außer sich zu sein, sie schien sich völlig vergessen zu haben, sie steckte tief im Land der Ekstase, und ihre Stimme war die einzige Verbindung zur Außenwelt.

Wie hatte Patrick diese Frau ausfindig gemacht? Sie schien ein einziger Glücksfall im Bett. Ein Glücksfall, den ich nötiger hatte als er.

Das letzte Mal. Das letzte Mal, daß es schön gewesen war, war vor einem Jahr um diese Zeit. Ich konnte mich noch genau daran erinnern, wie ich hinterher dalag und der Schweiß auf meinem Hintern langsam trocknete und eine angenehme Kühle zurückließ. Wie gut hatte ich mich gefühlt, wie zufrieden. Es war eine einzige Wonne gewesen dazuliegen, keinen einzigen Gedanken im Kopf. Ich hätte noch nicht einmal einen letzten Wunsch gehabt.

Ich gebs nicht gerne zu, aber ich hatte es nötig. Und Patrick hatte es. Mehr als ich verlangen würde. Es war eine erbärmliche Welt, selbst im Sommer.

Ich mußte wirklich dringend pinkeln, und ich stand auf und ging nackt, wie ich war, auf die Toilette. Mein Ständer wippte leicht beim Gehen, und meine Blase schmerzte. Die beiden hörten sich nicht so an, als würden sie bald zu einem Ende kommen.

Da stand ich dann also und dachte an meinen letzten Kontoauszug, während ich darauf wartete, daß meine Erektion so weit nachließ, daß ich mein Wasser abschlagen konnte. Und dann hörte das Stöhnen auf.

Scheiße, vielleicht war sie eine von denen, die direkt hinterher ins Bad rennen. Ich drehte mich ein wenig, so daß ich mit dem Rücken zur Tür stand. Ich hätte mich natürlich auch ganz rumdrehen können und die drei Schritte bis zur Tür gehen, um sie abzuschließen. Aber was wäre, wenn sie in der entscheidenden Sekunde reinkäme? Da hätte ich sie ja fast aufgespießt.

Mein Herz klopfte zu heftig, und ich dachte: Werd schon weich. Ich horchte auf Schritte oder andere Geräusche und hörte Patrick leise stöhnen. Was ging da vor?

Naja, und wenn sie reinstürmt, dachte ich, vielleicht ist sie ja sogar eine von diesen sagenumwobenen Nymphomaninnen, vielleicht kniet sie vor mir nieder und nimmt ihn sofort in den Mund, wenn sie mich so sieht. In den Mund. Klar, deshalb konnte man Patrick hören und sie nicht mehr. Klar, womöglich war Patrick sogar so geweckt worden, vor ein paar Minuten oder einer halben Stunde, wer wußte das schon? Mein

Schwanz tat weh, meine Blase, und ich war geil, und ich begann die Situation zu hassen.

Ich stand noch drei, vier Minuten so da, versuchte nicht mehr hinzuhören und mir etwas vorzustellen, sondern dachte an all die peinlichen Begebenheiten aus meinem Leben. Mir fiel eine Menge ein, wahrscheinlich sogar zuviel.

Endlich plätscherte mein Strahl in die Schüssel, zwar mit einigen Unterbrechungen, aber in diesem Moment war das Pinkeln einfach sehr lustvoll. Natürlich nichts im Vergleich mit der Lust, die diese Frau schon wieder zu empfinden schien. Sie war so laut, daß ich mir vorstellen konnte, wie unsere Nachbarn jetzt in ihrem Ehebett lagen und die Stimmung für den ganzen Tag im Eimer war, weil sie es nach dem dritten Kind nicht wieder getan hatten, und sie verachtete ihn, weil er ihr nie soviel Lust bereitet hatte, und er warf ihr insgeheim vor, verklemmt und frigide zu sein. Oder vielleicht hielten sie auch gerade ihren Kindern die Ohren zu. Vier Hände und sechs Ohren. Viel Spaß.

Ich ging zurück in mein Zimmer und legte mich aufs Bett. Die Frau war nicht nur von Sinnen, sie hatte auch noch eine unwahrscheinlich schöne Stimme. Ich hatte so etwas noch nie gehört, sie empfand einfach zu viel, und ihre Stimme schien ihr einziges Ventil zu sein. Wie oft hatte ich schon von so etwas geträumt? Wie oft hatte ich mir gewünscht eine Frau möge genau so klingen?

Wie oft hatte ich mich über diese Scham geärgert, die die Frauen fast stumm werden ließ, über ihre lustfeindliche Erziehung, über ihre Gedanken an die Nachbarn oder über ihre schlechten Schauspielkünste. Wie Sonja, Sonja hatte geschrien, aber mit einem unglaublich gelangweilten Gesicht, und auch sonst hatte nichts gestimmt, und ich hatte immer Mühe gehabt, zu einem

Ende zu kommen, weil es mich abtörnte, genau zu wissen, daß sie im Grunde nur so stöhnte, damit ich schneller kam.

Ich muß wahrscheinlich nicht erzählen, in was für einem Zustand mein Schwanz sich befand, und nachdem ich ein wenig Stolz runtergeschluckt hatte, stand ich auf, legte mein Ohr an die dünne Wand und schloß die Augen.

Ich hörte nur auf ihre Stimme und gab mich ihr ganz hin, weil ich wußte, daß das Bild dieser Frau von ganz allein in meinem Kopf entstehen würde.

Sie war dunkelhaarig, und ihre Augen waren fast schon schwarz. Sie hatte lange, glatte Haare, das mußte einfach so sein, es ging gar nicht anders. Eine dunkle Haut, aber nicht sonnengebräunt, sondern von Natur aus in einem sanften Bronzeton. Und sie hatte einen kleinen Hintern. Wahrscheinlich hatte sie kräftige Waden, wie eine Frau, die sehr viel Fahrrad fährt.

Ja, so mußte sie aussehen, auf so etwas würde Patrick abfahren. Er hatte vielleicht sogar von ihrem Aussehen auf ihre Stimme geschlossen. Und ich machte es jetzt einfach umgekehrt.

Ein Glück, daß Patrick eher leise war, er verschwand ganz hinten in der Welt der Klänge, als habe er nichts zu sagen.

Es gab eine kurze Unterbrechung, und dann hörte ich sie sagen:

– Ich will mich draufsetzen.

Das war der Zeitpunkt, an dem ich meinen Schwanz in die Hand nahm. Ich wußte nicht nur, wie sie aussah, ich konnte sie jetzt auf mir sitzen sehen, ihren wunderschönen Nabel betrachten und die Farbe ihrer Brustwarzen bewundern.

Trotzdem lenkte mich doch immer wieder der Gedanke an Patrick für einige Sekunden ab. Er hatte den Sex seines Lebens, da bestand überhaupt kein Zweifel, aber er konnte das unmöglich zu würdigen wissen, er hatte doch alle paar Wochen eine Neue.

Ich hätte ein Museum des Neids errichten können und Stein und Bein schwören, daß mir so etwas noch nie passiert war.

Die Stimme dieser Frau erinnerte mich daran, wie ich das erste Mal einen Song von Leonard Cohen gehört hatte. Es war wie eine Revolution gewesen. Wie konnte man nur so viel Gefühl in eine Stimme legen? Wie schafften es manche Menschen, mit nur einem einzigen Ton alles auszudrücken, was sie spürten? Und warum, verfickt noch mal, lernte ich nie so eine Frau kennen?

– Jetzt von hinten, sagte sie, aber eigentlich sang und schrie sie es. Mein Gott, es nahm gar kein Ende, ich hielt mich zurück, aber an Patricks Stelle hätte ich bestimmt schon vor zehn Minuten abgespritzt.

Ich wollte warten bis sie zum Orgasmus kam. Das würde das Großartigste sein, das je an meine Ohren gelangt war. Dafür hätte ich meine Plattensammlung hergegeben. Ich überlegte ganz kurz, mein Diktaphon zu holen, aber ich wollte nichts verpassen. Weil ich ja sowieso schon genug verpaßte.

– Ja, bitte, wie schön.

Jetzt kamen auch Wörter, und ich hielt es kaum mehr aus. Ich preßte mein Ohr noch fester gegen die Wand.

Es war unglaublich, selbst wenn Patrick in diesem Augenblick gebrüllt hätte, hätte ich ihn nicht gehört. Ihre Stimme war eine Welt für sich, die ich gerade besuchte. Ich sah sie vor mir, auf allen vieren, ihre Haare fielen auf das weiße Laken, ich hatte meine Hände auf ihrem Po. Und stieß zu.

– Jetzt, schrie sie auf, und ich spürte, wie ihre Möse sich zusammenzog, sich ganz fest um meinen Schwanz schloß und dann wieder weich wurde und sich wieder und wieder verengte. Ich spürte jede ihrer Zuckungen, und ich kam.

Ich kam wundervoll. Es war wirklich großartig, nur als ich die Augen aufmachte und dann da stand, mit meinem Schwanz in der Hand und den Flecken auf dem Teppich, kam ich mir augenblicklich vor wie der Verlierer des Sommers. Ich wäre jede Wette eingegangen, daß Patrick sich gerade in Dimensionen von Sex bewegt hatte, zu denen ich noch nie aufgestiegen war.

Ich legte mich aufs Bett und starrte an die Decke. In welchem Laden hatte er sie wohl kennengelernt? Ob ihm so etwas öfter passierte? Wenn ja, dann war ich ja Jungfrau, so gesehen.

Vier entsetzliche Stunden später begegneten wir uns im Flur. Es war jetzt fast zehn Jahre her, sie hatte kurze Haare, aber wir erkannten uns sofort.

– Hallo, Alex.

– Hallo, Sonja.

Zu viele Haie im Becken

Ich mochte es, mich in den Schatten dieses Olivenbaums zu hocken und aufs Meer zu blicken. Er anscheinend auch. Es gab sonst keinen Baum mit einer so schönen Aussicht in der Nähe, und so saßen wir dann zusammen da, der Schatten war groß genug für uns beide.

Er arbeitete als Gärtner bei irgendwelchen Leuten oben auf dem Hügel, er stahl sich davon, sooft er konnte. Ich hörte manchmal beim Einkaufen die Klagen der Hausbesitzer, die Menschen hier seien außerordentlich faul. Das mochte sogar stimmen, manchmal saßen wir zwei, drei Stunden da, aßen vielleicht ein Stück Brot und etwas Käse und rauchten gemächlich. Ich bin auch faul.

Das erste Mal, als wir uns sahen, hatte ich schon dort gesessen, als er kam. Er hatte mich fragend angesehen, und ich hatte genickt. Er mochte fünfunddreißig sein, er hatte Falten um die Augen vom Blinzeln, einen kleinen Bauch, er war braungebrannt und in seinen kurzen schwarzen Haaren waren erste graue Strähnen.

Ich stellte schon bald fest, daß er sich die Zeit gerne mit Worten vertrieb. Noch nie hatte ich einen Stotterer getroffen, der so geschwätzig war, und ich hatte auch noch nie einen getroffen, der auf diese Weise stotterte. Er wiederholte keine Silben oder Buchstaben, manchmal blieb er einfach am Anfang eines

Wortes stecken, seine Augenlider zuckten dann, sein Körper versteifte sich, die Muskeln in seinem Gesicht gerieten außer Kontrolle, manchmal bewegten sich die Mundwinkel nach unten, und man sah eine Sehne am Hals. Es kam zwei, drei Sekunden kein Laut über seine Lippen, und dann bekam er das Wort raus und sprach ganz normal weiter, bis sich ein wenig später, vielleicht schon im nächsten Satz, das Ganze wiederholte.

Einmal passierte es mir, daß ich ihm das Wort, das irgendwo in seinem Hirn steckte und nicht bis zur Zunge wollte, vorsagte. Es war mir peinlich, so ungeduldig zu sein, aber anscheinend war er daran gewöhnt.

Nach einigen Tagen, als wieder alles in seinem Gesicht zuckte, versuchte ich mir vorzustellen, wie er bumste. Natürlich war es egal, und es ging mich nichts an, aber es war so eine Art Zwangsvorstellung. Sobald er stotterte, sah ich ihn auf seiner Frau liegen, seine Gesichtszüge entgleiten ihm, er hört auf sich zu bewegen. Ich komme, sagt er, und macht weiter, aber es ist vorbei, er hat zu lange innegehalten. Oder seine Frau hat einen Lachanfall bekommen. Ich stellte ihn mir ungeschickt und grob vor.

Er hatte mir erzählt, daß er zwei Kinder hatte, einen Jungen von elf und ein Mädchen von sieben, seine Frau hatte er auch schon öfter erwähnt, er konnte ihren Namen nicht aussprechen, ohne vorher diese Pause zu machen.

An dem Tag herrschte eine brütende Hitze, wir saßen da, man sah die Flamme des Feuerzeugs fast gar nicht mehr in dem grellen Licht, es wehte nicht das geringste Lüftchen.

– Hast du keine Frau? fragte er mich.

– Nein, sagte ich, ich hatte mal eine. Sie war mein Baby, wir waren verliebt …

– Und?

18

– Sie hat mich verlassen.

Er sah mich an, ich kam mir sehr viel jünger vor, als ich war.

– Ich weiß noch genau, wie ich meine Frau das erste Mal gesehen habe, sagte er, sie stand da, es war ganz früh, eines Morgens im Herbst, alles war ruhig und friedlich, ich war alleine schwimmen gewesen, sie saß unter einem Baum und spielte mit ihren Haaren. Ich war vierzehn, sie war zwölf, sie war das schönste Mädchen, das ich je gesehen hatte.

Er hätte sie wohl auf der Stelle geheiratet, aber sie sahen sich nur in die Augen, und er traute sich nicht, sie anzusprechen, weil er ja stotterte. Er hatte sie noch nie vorher gesehen, ihre hennagefärbten Haare glänzten in der aufgehenden Sonne, er wußte noch nicht mal, ob sie aus einem der Dörfer in der Umgebung stammte. Er wurde rot, wie er so dastand, naß, in seinen zerschlissenen Badehosen, sie sagte nichts, er ging vorbei, und von da an dachte er jeden Tag an sie und stotterte immer schlimmer.

Er bekam nicht heraus, wer sie gewesen war und woher sie stammte, er konnte nicht jeden fragen, er schämte sich. Aber er interessierte sich für kein anderes Mädchen mehr, er fuhr auf jede Dorfhochzeit, jedes Fest, er kaufte sich sogar eine Trommel, er wollte lernen, die Trommel zu schlagen, wie man es von alters her tat, wenn irgendwo das Volk zusammenkam, um zu feiern.

Irgendwann mußte er sie ja treffen, sie hatte nicht ausgesehen wie eine aus der Stadt.

Jahre vergingen, ehe er sie wiedersah, auf einer Hochzeit. Sie stammte nicht aus der Gegend, ihre Cousine lebte im Nachbardorf. Sie war mittlerweile eine junge Frau mit vollen Brüsten und breiten Hüften. Wahrscheinlich ist sie ein wenig dick, dachte ich, während er erzählte. Auf dem Bild, das ich mir von ihr machte, war sie schön, wunderschön.

Ihre Blicke begegneten sich, sie erkannte ihn wieder und lächelte ihm zu. Er kam aus dem Rhythmus. Sie war schon einem anderen versprochen, fand er an dem Abend heraus. Und er ging zu ihr hin. Eine Minute lang zuckte sein Gesicht, daß es einem angst und bange werde konnte, seine Knie wurden weich, fast wäre er in Tränen ausgebrochen, kein Wort wollte über seine Lippen, und sie sagte: Ja, aber du mußt mich entführen, ich bin einem anderen versprochen.

– Es war nicht so, wie wir gedacht haben, sagte er, es war nicht so wie in den … Geschichten. Es war schwer, aber keine Sekunde habe ich an eine andere Frau gedacht.

Mit einem warmen Lächeln bot er mir eine Zigarette an, wir rauchten, ich schaute aufs Meer. Es war ganz glatt, es sah so aus, als könne man drauf gehen.

Jagen

Bis zum Jahr 2000 will der Rentner Benno Schmidt den Brocken, den höchsten Berg Norddeutschlands, 2000mal erklommen haben. 1200 Besteigungen hat er schon hinter sich, und dabei hat er gut 20000 km zurückgelegt. Andere Rentner hängen den ganzen Tag mit einem Kissen unterm Arm am Fenster und scheinen es sich zur Aufgabe gemacht zu haben, bis zum Jahr 2000 Lungenkrebs zu kriegen und 40000 Falschparker anzuzeigen.

Noch anderen Leuten, meist jüngeren, bereitet es schlaflose Nächte, daß sie noch nicht alle 126 Star-Trek-Sammeltassen besitzen. Es gibt Menschen, die sammeln Glasschwäne, Münzen, Spielzeugautos oder Schachfiguren mit ausgeprägten Geschlechtsmerkmalen. Es gibt Männer, die mit der Anzahl der Frauen prahlen, mit denen sie geschlafen haben. Dabei spielt es dann auch keine Rolle mehr, ob sie an zwei- oder dreihundert davon keine Erinnerung mehr haben.

Meine Cousine hat eine Zeitlang, als sie noch jünger war, Servietten gesammelt, Papierservietten. Ich weiß nicht, wie viele Tausend sie besaß, aber ich weiß noch, ich fand es völlig absurd, daß sie zwei große Kartons voll in ihrem Zimmer hatte und auch noch stolz darauf war. Manchmal konnte ich darüber lachen, manchmal machte ich mir Sorgen um ihren Geisteszustand. Wenn wir in einem Restaurant saßen und sie mit einem Blick erkannte, daß sie die Serviette schon in ihrer Kollektion hatte, verging ihr der Appetit, sie zog eine Schnute, und der Abend war gelaufen. Sie sah überall nur noch diese Dinger, im Flugzeug, im Café, bei Nachbarn, im Kaufhaus, sie lief durchs Leben und hielt nach Servietten Ausschau, sie war besessen.

Deutschland ist übrigens ein gutes Land für Servietten, habe ich dabei gelernt, zumindest besser als Frankreich, England, die Türkei oder Dänemark.

Irgendwie war ich fasziniert von dieser Leidenschaft, es gibt einfach zu wenig davon im Leben, den meisten Menschen fehlt das Feuer. Aber warum muß man ausgerechnet solche Sachen zum Objekt seiner Obsession machen? Es erschien mir sinnlos, zwanghaft und aberwitzig.

Als Kind habe ich mal Briefmarken gesammelt, weil es halt modern war, aber ich konnte keine Leidenschaft dafür aufbringen. Und seitdem habe ich nie mehr etwas gesammelt und war auch nicht beeindruckt von den Spielzeugpistolensammlungen meiner Freunde, den Jerry-Cotton-Heften, den BH's und auf was für Ideen sie sonst noch verfielen, ich konnte es nicht wirklich verstehen.

Popmusik zielt meistens auf die eine oder andere Weise auf das Schlafzimmer des Konsumenten. Was sind Discos denn anderes als Orte, um Leute kennenzulernen, und was ist Tanz anderes als ein Ausdruck von Sex. Nur das Bild des Schlafzimmers ist bei der sogenannten Independentmusik ein viel radikaleres als beim Chartspop, denn hier sitzt der Hörer allein auf seinem Bett, einsam, in einem Haufen Kassetten wühlend.

Ich kann mich damit identifizieren, aber ich habe diese dreihundert Kassetten, die ich besitze, nicht gesammelt, sie haben sich im Laufe der Jahre einfach angehäuft. Wenn ich sie heute alle aufs Bett packe und tatsächlich darin wühle, wird mir klar, was Sammeln so faszinierend macht. Das bin ich. In diesen Kassetten steckt mein ganzes Leben drin, seit ich fünfzehn bin. Ich weiß noch, wie ich mich gefühlt habe, was ich vom Leben hielt und mit welchen Augen ich die Welt sah, als ich mir die nonstop erotic cabaret von Soft Cell aufgenommen habe. Ich weiß sogar noch, von wem ich mir die Platte geliehen hatte.

Man sucht sich immer etwas, um die Illusion der Kontrolle zu haben, um sich nicht im Leben und in der Zeit zu verlieren. Und so eine Sammlung kann man tatsächlich sehr schön kontrollieren und ordnen. Man kann sich beweisen, daß man tatsächlich existiert, allein mit dem Denken ist es nämlich nicht getan, auch wenn das gerne behauptet wird. Fast niemand möchte sich wirklich klein und unbedeutend fühlen, irgend etwas will man den anderen voraus haben, man will einzigartig sein, und deshalb setzt man sich selbst ein Denkmal. Und warum sollten Vibratoren dafür besser oder schlechter geeignet sein als Autogramme von Hollywood-Stars?

Der Sammler schafft einen neuen Zusammenhang von Dingen, die sich wunderbar katalogisieren lassen, ohne daß Widersprüche auftauchen wie im wirklichen Leben. Hier ist ein Bereich, den man beherrschen kann, wo alles nach klaren Gesetzmäßigkeiten funktioniert, wo es keine Verwirrungen gibt. Jede Sammlung ist einzigartig. Schon hat man etwas, das einem das Gefühl gibt, daß das Leben einem eben nicht durch die Finger rinnt, daß sich da etwas anhäuft, das auch noch zusammenpaßt wie ein Puzzle.

Manche Menschen zahlen Liebhaberpreise für seltene Stücke, die ihnen fehlen. Sie sind tatsächlich Liebhaber, aber irgendwie erscheint mir genau der Teil immer ein wenig schizophren. Allein die Tatsache, daß eine Sache selten ist, macht sie anscheinend schon sehr wertvoll. Ich kenn das von exzessiven Nächten. Die gibt es auch nicht andauernd, und ich weiß jede einzelne von ihnen zu schätzen, aber wenn man sich zu sehr darauf konzentriert, geht einem die ganze wundervolle Poesie des Alltags verloren. Diese angenehmen, mit Nichtstun angefüllten Stunden in der Stammkneipe, wo man noch ein kleines Lächeln mit auf den Nachhauseweg genommen hat. Oder dieses eine Mal, als eine Frau, die ich nicht kannte, auf mich zukam und mir sagte, daß es schade wäre, daß ich im Copyshop aufgehört habe. Ich sei mit Abstand die netteste Bedienung gewesen. Wollt ich dir nur sagen, um dir den Abend zu verschönern, tschüß, und weg war sie. Es war keine große Nacht, aber es war wunderschön.

Im Grunde ist wahrscheinlich ein Humbug, den man sammelt, so gut wie der andere. Ob man wie ich mit Nächten und Kassetten hantiert, oder ob man nun Tagebuch schreibt oder sich Kreuze in den Kalender macht an den Tagen, an denen man onaniert hat, ist so was von scheißegal. Die Sammlung ist eh nie komplett, sie gibt dir nur das Gefühl, nicht im leeren Raum zu existieren, sie gibt dir Sicherheit.

Aber wovon du auch träumst, ob es eine Sammlung ist, Ruhm, Ehre, Glück, Sex, Liebe, Respekt oder ein langer heißer Sommer, im Grunde ist dein Traum fast immer ein anderer. Nämlich, irgendwo anzukommen, wo du hinwolltest. Deshalb wundert man sich auch über die Leere, wenn ein Traum in Erfüllung geht. Man kommt nie an, es ist eine einzige Irrfahrt, es gibt keinen Platz, der der rechte wäre.

Manchmal werde ich
so etwas gefragt

Schon als ich in der Grundschule war, wollte ich Schriftsteller werden. Wie halt jeder, solange er noch klein ist, sich einen Beruf aussucht, unter dem er sich leicht etwas vorstellen kann. Feuerwehrmann, Astronaut, Arzt, Polizist, Lokomotivführer, Krankenschwester. Aber niemand kann sich in dem Alter vorstellen, Immobilienmakler zu werden oder Fabrikarbeiter oder Manager. Schriftsteller ist im Grunde auch so ein Beruf, aber Bücher waren ja in diesem riesigen Bus der Stadtbücherei, der freitags nachmittag immer kam und mich mit Stoff zum Lesen versorgte. Manchmal war Freitag ein Feiertag, und der Bus kam nicht.

Ich las sehr viel, *Winnetou I* und *II* innerhalb einer einzigen Woche, *Ein Indianer namens Heinrich* an zwei Nachmittagen. Ich weiß nicht mehr, wie lange ich für *Krabat* gebraucht habe. Ich las manchmal abends mit der Taschenlampe in der Hand, aber niemals unter der Bettdecke, da wurde es immer entsetzlich heiß und stickig. Ich konnte auch nicht glauben, das andere das taten, obwohl oft die Rede davon war.

Ich kann mich nicht mehr genau daran erinnern, was mich damals zu dem Wunsch bewog, so sein zu wollen wie Karl May, James Krüss, Jo Pestum, Ottfried Preußler und Enid Blyton, aber ich kann mich genau daran erinnern, daß ich damals schon ahnte, daß es kein einfacher Job ist. Geschichten erfinden, schreiben,

grammatisch und ortographisch richtig, das traute ich
mir noch zu, ich lernte ja allerhand in der Schule, aber
was mich wirklich nervös machte, waren diese Absätze.

Woher zum Teufel wußten diese Schreiber, wann
man einen Absatz machen muß? Das machten die ja
nicht nur, damit es schön aussah, es schien auch noch
einen Grund dafür zu geben. Ich stieg nicht dahinter,
und wen konnte man so was schon fragen? Lange Zeit
war es meine größte Sorge, daß ich es womöglich
nie lernen würde und daß es dann letztendlich daran
scheiterte.

Dann kam eine Zeit, in der ich kaum mehr las und
wahrscheinlich auch diesen Wunsch völlig vergaß. Ich
wollte Tierarzt werden. Ja, bestimmt zwei Jahre lang
wollte ich Tierarzt werden. Womöglich war es so eine
Mischung aus Respekt vor den Wünschen meiner
Eltern und einer Rebellion gegen sie. Sie hätten gerne
einen Sohn gehabt, der die medizinische Laufbahn ein-
schlägt, wegen Ansehen und Nutzen für die Mensch-
heit und so. Aber es kamen ihnen keine Haustiere in die
Wohnung, egal wie sehr ich bettelte. Ich arbeitete mich
von einem Hund runter zu einem kleinen Äffchen,
dann, ein wenig resigniert, über den Wellensittich zum
Goldhamster. Keine Chance, ich durfte froh sein im
Frühling Marienkäfer in einem Einmachglas halten zu
können.

Ich muß so vierzehn gewesen sein, als ich wieder
anfing zu lesen. Dieses Mal waren es andere Autoren:
Leonard Cohen, Charles Bukowski, Henry Miller, William Burroughs.

Ich verstand eine Menge von dem Zeug nicht, aber
ich wußte: das wollte ich auch können. Zauber, Faszi-
nation und Gefühle erschaffen, Bücher, die einen wünschen ließen, größenwahnsinnig zu sein und alles zu leben, was es zu leben gab.

Ich wollte schreiben, und ich könnte hier jetzt tausendundvier Gründe dafür aufzählen, aber die Wahrheit ist, daß ich keine befriedigende Antwort auf die Frage nach dem Warum geben kann. Und wahrscheinlich auch gar nicht möchte.

Ich schrieb nicht. Ich schrieb keine Kurzgeschichten in meine Schulhefte, ich schrieb nicht heimlich Gedichte oder etwa lange Briefe, die ich nie abschickte.

Es verunsicherte mich, daß ich nicht schrieb, noch nicht einmal für die Schülerzeitung. Ich hielt mich einfach für besser als diesen elitären, intellektuellen, kritischen Klugscheißer, der fast alle Artikel selber schrieb, und dem die Lehrer einstimmig eine große Zukunft voraussagten. Ich habe seinen Namen mittlerweile vergessen, aber ich kann mir kaum vorstellen, daß ich das, was er heute schreibt – falls er noch schreibt – mögen würde.

Irgendwo muß man ja anfangen. Bei mir waren es Tischkritzeleien. Im Chemiesaal, in den Kunsträumen, im Erdkunderaum, überall, wo ich wußte, daß in der folgenden Stunde jemand anders auf meinem Platz sitzen würde. Jemand, der lieber diese Kritzeleien las, als dem Lehrer zuzuhören.

Zuerst waren es nur Zeilen aus Songs, die mir viel bedeuteten: I wear black on the outside, cause black is how I feel on the inside. Mit Edding auf dem Resopaltisch im Bioraum. And you go and you stand on your own, and you leave on your own and you go home and you cry and you want to die. Mit der Klinge des Spitzers in den Holztisch im Werkraum geritzt. Und noch vieles mehr. Dann meine ersten eigenen Sachen: 28/8/89 gestern hat mich meine Freundin verlassen und ich werde nie wieder derselbe sein.

Irgendwann muß ich dann langsam zu Gedichten übergegangen sein, mit Stift auf Papier, zu Hause am

Schreibtisch. Aber besser in Erinnerung ist mir geblieben, daß auf Schultische Klowände folgten. Da hatte man ein größeres Publikum.

Ich überlegte mir manchmal, wer von diesen Leuten in meiner Lieblingsdisco dieses oder jenes geschrieben haben könnte, ich kannte sie ja fast alle vom Sehen. Und vielleicht blieben sie genauso an ein oder zwei Zeilen von mir hängen.

Heute erscheint es mir, als sei es ein tolles Alter, wenn Klosprüche noch dein Leben verändern können, aber damals war es einfach schrecklich.

Ich erinnere mich noch sehr gut an meinen größten Erfolg. Sommer 90 in Dublin, ich war mittlerweile neunzehn. National Gallery of Arts. Jungfräuliche Klowände, nicht so beschmiert wie in diesen Pubs, und wahrscheinlich hatte man hier auch das niveauvollere Publikum. Außerdem hatte es so etwas von internationalem Ruhm an sich.

Ich weiß wirklich nicht mehr, was ich geschrieben habe, ich erinnere mich noch an die Farbe der Kacheln, die Farbe meines Folienschreibers und vor allem an dieses großartige Gefühl, als ich später in die Sonne raustrat.

Kurz danach verlor ich den Spaß an diesen Sachen und schrieb lieber zu Hause Gedichte voller Verzweiflung. Ich schrieb, bis ich irgendwann genug hatte, um es Gedichtband nennen zu können. Ich gab ihm den Namen *Hoffnungslos&Erwartungsvoll*, und kein Verlag wollte ihn haben. Es las ja auch kein Mensch Gedichte, nur empfand ich es am Anfang als übersichtlicher und leichter, dreißig, vierzig Worte auf eine Seite zu knallen.

Dann schrieb ich eine Zeitlang Romananfänge. Ich gab meistens nach wenigen Seiten auf, weil es mir einfach nicht gut genug gefiel. Irgendwann schaffte ich es dann doch: ein ganzer Roman.

Nach dreißig, vierzig Absagen von Verlagen schwand meine Hoffnung auf eine Veröffentlichung allmählich, und es war mein ganzer Ehrgeiz, von jedem deutschsprachigen Verlag so einen Formbrief zu Hause zu haben, in dem sie behaupteten, sie hätten das Ding gelesen.

Es kam anders, und wahrscheinlich war es einfach nur Glück oder Zufall oder Fügung oder was auch immer.

Von den ersten Worten auf Schultischen bis hierhin sind fast elf Jahre vergangen, und oft wundere ich mich, wie ich das geschafft habe. An anderen Tagen scheint es mir, daß es der einzig mögliche Weg war.

In manchen Nächten, in denen man sein Denken mit Hilfe von Bier oder Musik oder anderen Sachen fast abgeschaltet hat, gibt es Leute, die feststellen, daß ihnen noch drei Blättchen zu ihrem Glück fehlen, und sie fragen herum. In diesen Nächten kann es schon mal passieren, daß ich wildfremde Menschen anspreche. Haste vielleicht mal einen Edding für mich?

Die Prinzessin und der Hirte

Es war einmal ein reicher, mächtiger König, in dessen Königreich seit einiger Zeit ein Hirte seine Schafe weiden ließ. Der König hatte eine liebliche Frau und eine wunderschöne Tochter mit dunklen, wallenden Haaren und Augen fast so grün wie Beck's-flaschen. Es war zu der Zeit, da das Königspaar anfing, sich nach einem stattlichen Mann für seine Tochter umzusehen, als sie zum ersten Mal den Schafhirten erblickte. Er saß auf einem Stein und spielte Flöte, während die Schafe weideten. Die Königstochter fand diesen Jüngling mit seiner sonnenverbrannten Haut, seinen schwarzen Haaren und dunklen großen Augen sehr reizend. Der Hirte indes nahm die Prinzessin gar nicht wahr. Er spielte eine Weise und dachte darüber nach, wieviel er seinen Schafen zu verdanken hatte und was er alles von ihnen gelernt hatte. Sie kümmerten sich nur darum, etwas zu essen und zu trinken zu bekommen, zu schlafen und zu scheißen. Sie beachteten nicht die Landschaft, sie machten sich keine Gedanken über die Zukunft, sie lebten einfach nur ihr Leben. Manche Schafe waren dumm, manche schlau, manche störrisch wie Maultiere, aber alle schienen sie sehr gut zurechtzukommen.

Die Wolle der Schafe reichte für den Lebensunterhalt des Hirten, ein bißchen Wein, ein wenig Brot, warme Mahlzeiten in Gaststätten und dann und wann ein neues Musikinstrument, wenn ihn das alte langweilte. Der Hirte konnte Mundharmonika spielen, Geige, Akkordeon und Gitarre. Er konnte den lieben langen Tag herumziehen, auf den Wiesen, Weiden und Steppen, und er hatte dank seiner Schafe schon mehr Länder gesehen als der König selbst, der immer in einer Sänfte verreiste. Nachts deckten den Hirten die Sterne zu, und er bettete seinen Kopf auf sein Bündel.

Die Königstochter zog die Kleider ihrer Magd an und lief hinunter zu dem Hirten. Sie fragte, ob sie sich neben ihn setzen dürfe. Der Hirte rückte ein Stück beiseite und hörte auf zu spielen.

– Wo kommst du her? wollte die Prinzessin wissen.

– Aus dem Norden, antwortete der Hirte.

Die Königstochter fragte ihn ein wenig aus, wie denn so ein Hirtenleben sei, und der Hirte beschrieb, wie er mit der Herde umherzog, im Freien übernachtete, an Dörfern und Städten, an Wäldern und Flüssen vorbeikam.

– Fühlst du dich denn nicht oft sehr einsam? fragte die Prinzessin.

– Nein, sagte der Hirte, ich habe ja meine Schafe, denen erzähle ich, was ich denke, und einige sind sehr gute Zuhörer. Und in den Dörfern und Städten treffe ich immer Menschen, mit denen ich mich anfreunde.

– Aber hast du denn sonst niemand? fragte die Prinzessin weiter.

– Nein, antwortete der Hirte, sobald man zu eng mit Menschen zusammen ist, betrachten sie einen als Teil ihres Lebens und wollen einen dann ändern. Ich möchte so bleiben, wie ich bin, in der Natur und in Frieden.

– Hast du schon mal ein Mädchen geküßt? fragte die Prinzessin, denn sie wußte von der wunderbaren Kraft der Liebe.

– Ja, sagte der Hirte.

– Und?

– Und was?

– Hat es dir gefallen?

– Ja, sagte der Hirte, es war sehr schön.

Die Prinzessin rückte noch näher an den Hirten heran und fragte sich, ob er vielleicht schwer von Begriff wäre und ob ihre Eltern eine Heirat mit ihm erlauben würden. Aber wahrscheinlich ist er sowieso ein Prinz, dachte sie dann, denn sie kannte das aus den Märchen, die ihre Mutter ihr früher immer vorgelesen hatte. Da machten sich stattliche und schöne Prinzen in Lumpen auf, um ihre wahre Liebe zu finden. Ein Mädchen, das sie trotz ihrer Armut über alles liebte. Und dieser Hirte hier war sehr stattlich und sehr schön, er mußte einfach ein Königssohn sein.

– Möchtest du mich küssen? fragte die Prinzessin nach einer Pause und ärgerte sich fast schon darüber, daß sie so weit gegangen war. So was fragte ein anständiges Mädchen nicht.

Der Hirte nahm sie in den Arm und küßte sie. Es wurde ein sehr langer Kuß, und die Königstochter wußte nun, was die wahre Liebe ist, die immer in den Märchen vorkommt.

Abends ging sie zu ihren Eltern und erzählte, was sich begeben hatte. Die Eltern wußten auch, was wahre Liebe ist, und wollten dem Glück ihrer Tochter nicht im Wege stehen. Dann würde ihr Schwiegersohn eben ein Schafhirte sein, sie mochten diese Standesunterschiede sowieso nicht und waren stolz auf ihre liberale Haltung.

Am nächsten Tag ging die Prinzessin wieder zu dem Schafhirten, und dieser erkannte sie in den prachtvollen Gewändern kaum wieder. Der Prinzessin war es inzwischen egal, ob der Schafhirte in Wirklichkeit ein

Prinz war oder nicht. Und sie war deswegen auch sehr stolz auf sich.

– Ich bin die Tochter des Königs, sagte sie zu dem Hirten, ich möchte, daß du mein Mann und der Vater meiner Kinder wirst, ich will, daß wir ein sehr glückliches Königspaar werden.

– Aber wie soll das gehen? fragte der Hirte. Ich bin nur ein armer Schäfer, und du bist die Tochter des Königs. Deine Eltern werden nie und nimmer ihren Segen geben.

– Ich habe schon mit ihnen gesprochen, sie sind sehr fortschrittliche Menschen.

– Aber dann müßte ich ja irgendwann König werden, und niemals kann so ein armer, ungebildeter Hirte die Geschicke eines Landes lenken.

– Ein Land muß man mit Liebe regieren, sagte darauf die Prinzessin, mit dem Herzen. Und wer könnte ein reineres Herz haben als ein Hirte?

– Aber was wird aus meinen Schafen?

– Die werden von unserem Gärtner jeden Tag das saftigste Grün zu fressen bekommen.

– Und wie kann ich dann im Freien schlafen?

– Das brauchst du dann nicht mehr, wir werden ein Himmelbett haben.

Langsam wurde die Königstochter ungeduldig, immerhin bot sie gerade diesem Schafhirten die Heirat an.

– Du wirst alles haben, was dein Herz begehrt, sprach sie weiter, feine Mahlzeiten, Reichtümer, wunderschöne Edelsteine, goldene Teller, silbernes Besteck, Hofnarren, marmorne Bäder, wenn du willst sogar einen ganzen Harem.

Die Prinzessin wußte, daß bei der wahren Liebe alles möglich ist.

– Aber wozu? fragte der Schafhirte, ich bin doch

glücklich. Was brauche ich da mehr? Ich will umherzie-
hen und etwas von der großen weiten Welt sehen, ich
will keine Verantwortung tragen. Ich möchte leicht sein.

Da sah die Prinzessin, daß es aussichtslos war und
dieser Jüngling sie nicht liebte. Sie rannte weinend weg.

Der Hirte trieb seine Schafe zusammen und zog
seines Weges. Er dachte daran, wie er im Schloß seines
Vaters all das, wovon die Prinzessin gesprochen hatte,
gehabt hatte, und wie froh er war, dem entkommen zu
sein. Er war tatsächlich glücklich, nur nervte es ihn, daß
sich alle paar Monate eine Prinzessin in ihn verliebte. Er
wollte, daß sein Leben immer so bleiben würde, wie es
war, seitdem er seine Heimat verlassen hatte. Er wußte
nicht, daß auch er eines Tages jemanden finden würde,
den er mehr liebte als die Berge und Seen, die Flüsse,
die Wälder, die Schafe, die Sterne und die Dörfer.

Ein Beruf

Früher war mir der Smalltalk übers Wetter der am meisten verhaßte. Jaja, das war wieder ein Wetter da draußen, das sah doch jeder, der Augen im Kopf hatte, das war doch kein Thema, das war nur sinnloses Geplänkel, mit dem man seine Zeit vergeudete. Sich gegenseitig etwas versichern, als ob das Ganze sonst zu einer kleinen persönlichen Halluzination verkommen könnte, als würde es den Dingen an Wirklichkeit mangeln, wenn man sie nicht aussprach.

Vielleicht lag es daran, daß in der Schule das Wetter wirklich kein Thema war, und wenn ich mich dann nachts mit Freunden traf, tranken wir bei Kälte das Bier eben schneller, bevor wir, bereits angeheitert, weil sonst das Geld nicht gereicht hätte, in einen Laden gingen. Dann kamen einem diese Gespräche, die man im Supermarkt oder sonstwo belauschte, wie das letzte Gefasel vor.

Später wohnte ich direkt über einem Getränkeladen, und nach ungefähr einem Jahr, fing ich an, mit der Besitzerin, die ich fast jeden Tag traf, übers Wetter zu reden. Schön warm, trübe, bitterkalt, so pappig, daß man davon ganz doof im Kopf wurde, heiß, mörderische Hitze, frostig, Scheißhagel, Dauerregen, ein Schaltjahr – ein Kaltjahr, endlich mal wieder schöner Schnee, angenehm lau, für morgen bestellen wir dann zusammen ein anderes. Es gab da eine Menge Varianten, klar, aber mußte man wirklich darüber reden?

Da war nicht viel anderes, was wir uns zu sagen gehabt hätten, aber wir mochten uns, manchmal schenkte sie mir Bier, das sie nicht mehr verkaufen durfte, weil das Haltbarkeitsdatum abgelaufen war.

Wir redeten also übers Wetter, und ich fand es gar nicht mehr so doof. Das war ein Stück der Welt, das wir sehr ähnlich empfanden, das uns jeden Tag ähnlich beeinflußte, unsere Laune bestimmte, hier war etwas, das wir tatsächlich teilen konnten. Ich glaube, daß es das ist, was einem hilft, sich nicht so allein zu fühlen, jemand, der da ist, der einen versteht, und sei das Thema noch so nichtig.

Es war vielleicht ein Grundbedürfnis, ein Plausch über das Wetter, ich fühlte mich oft einsam zu der Zeit, vielleicht gefiel es mir deshalb besonders.

So kam ich auf die Idee, Regenhasser zu werden. Ein Service der besonderen Art. Ich haßte Regen, und vielleicht konnte man Kapital daraus schlagen. Wenn es mal wieder goß, würden die Leute mich anrufen, und ich würde zu ihnen hinfahren. Kein Vergnügen bei dem Wetter, beileibe nicht, aber eine gute Vorbereitung für den Job, und wenn man Geld verdienen will, muß man anscheinend immer auf die eine oder andere Art leiden.

Durchnäßt würde ich ankommen, mir keinen Kaffee oder Tee anbieten lassen, höchstens ein Handtuch, und würde loslegen mit meiner Haßtirade.

Ein Scheißwetter, da vergeht einem ja der ganze Spaß am Leben, meine Fresse, es ist seit drei Tagen Mai, und seit 48 Stunden regnets ununterbrochen, die reinste Sintflut, das ist doch nicht richtig, man hat ja gar keine Lust mehr, vor die Tür zu gehen, die Säcke von der Schirmindustrie freuen sich wieder, wahrscheinlich haben die das angezettelt, klar die Blumen brauchen Wasser, aber das ist doch zuviel des Guten, dauernd holt man sich ne Erkältung, jeden Tag zweimal naß bis auf die Knochen, das bringt ja sogar einen Zenmönch aus der Ruhe, Schleusen auf und runter mit dem Mist, dafür haben sie wieder Geld, es gießt, es schüttet, es steht mir bis oben, da will man glatt auswandern, das ist doch nicht normal, wir wollen hier keinen Tee anbauen, kein Mensch braucht so ein Wetter …

Undsoweiter, undsofort, zwanzig Mark die halbe Stunde. Die Leute wären glücklich, jemand zu haben, der so lange und einfallsreich über eins ihrer Lieblingsthemen redet, es würde ihnen helfen, ein wenig Frust abzubauen, wenn ihnen jemand so aus der Seele sprach, man könnte das Ganze sogar als Dialog gestalten, wenn der Kunde dies wünschte, alles kein Problem.

Gut, das ist jetzt kein krisensicherer Job und auch ein wenig saisonabhängig, aber das eher minimal, es regnet doch mindestens dreimal die Woche, würde ich behaupten. Regenhasser, das will ich werden.

Spiele

S tell dir vor, dieser ganze Schmerz wäre echt.
Weißt du noch, wie du in diese Frau verliebt warst oder in diesen Mann, wieauchimmer, und du konntest achtzehn Monate an nichts anderes denken. Und du bist nicht erhört worden. Stell dir vor, dieser Schmerz wäre echt.

Oder wie du erhört worden bist, und die Frau oder der Mann hat dir keinerlei Respekt entgegengebracht, nur Liebe und Träume, und dich dann verlassen, weil du diese Last nicht tragen konntest.

Oder wie du sie mit einem anderen im Bett erwischt hast. Oder wie dein Stolz verlorengegangen ist, unterwegs in einer Beziehung.

Stell dir vor, dieser Schmerz wäre echt. Oder der Schmerz der Frau, die nicht mehr in den Spiegel sieht. Oder der Mann, der zwanzig Zentimeter zu klein geraten ist. Der Schmerz, wenn du deinen besten Freund auf der Welt verlierst. Oder der Schmerz, der kommt, wenn du wieder zu lange alleine bist. Wenn dir jemand in den Rücken fällt, der Schmerz, wenn du die Wahrheit gerade nicht hören wolltest, der Schmerz, wenn du feststellst, daß du dich schon über Wochen wie ein Arschloch benimmst. Der Schmerz, wenn du nicht weißt, was du mit diesem Leben hier anfangen sollst.

Scheiße, Alter, stell dir vor, dieser ganze Schmerz wäre echt. Das Leben wäre nicht zum Aushalten.

Titelmelodie

In jenem Sommer fing ich meinen ersten und bisher auch einzigen Tintenfisch. Die Dinger sind sehr zäh, schwer totzukriegen, und dieser saugte sich an meinem Unterarm fest, daß ich am nächsten Tag lauter blaue Flecken hatte.

Ich muß dreizehn gewesen sein, ich kann mich erinnern, daß ich gerade die Masturbation für mich entdeckt hatte, aber kaum eine Sehnsucht verspürte nach etwas, das ich heute noch nicht benennen kann.

Es war ein Großfamilienurlaub, wir, meine Tanten, Onkel, Cousins und Cousinen, der Schwiegervater einer meiner Tanten, die Brüder eines Onkels. Meine Eltern, mein Bruder und ich wohnten in diesem Hotel, während die anderen auf dem Schulhof zelteten, das war kein Campingplatz, das war einfach eine ruhige Ecke mit ein paar Nadelbäumen, die sie ergattert hatten, weil eine meiner Tanten Lehrerin war. Mein Vater mochte keine Zelte, außerdem waren wir nur drei Wochen da, die anderen würden zwei Monate bleiben.

Es war dauernd was los, jeden Morgen schwamm ich von einem Ende der Bucht zum anderen, was über eine halbe Stunde dauerte. Ich träumte davon, Muskeln zu haben wie dieser schweinisch gutaussehende Typ am Strand, der vielleicht zwei Jahre älter war als ich. So wie er wollte ich auch mal sein, er war für mich wochenlang der Inbegriff von cool.

Fast jedes Mittagessen draußen vor dem Zelt war ein riesiges Fest, ich durfte eine Flasche Bier trinken, jeden Tag, aber niemand achtete wirklich auf die Menge. Ich mochte dieses leichte Schwindelgefühl, aber ich war noch nie besoffen gewesen.

Einmal legte ich mich nach dem Essen in eins der Zelte schlafen, und als ich aufwachte, hörte ich meine Mutter und ihre Schwestern sexuelle Anspielungen auf ihre Männer machen. Eine Welt brach für mich zusammen, ich hatte immer gedacht, daß sie über so etwas nie sprachen.

Abends hatte ich selten Lust, zurück ins Hotel zu gehen, ich fand meine Eltern langweilig und ging ihnen mit meinem Bruder auf die Nerven.

Breakdance kam damals langsam aus der Mode, ich fing an, mir die Unterhosen selbst zu kaufen, weil ich mich in diesen weißen Dingern irgendwie schämte. Ich wollte nicht, daß mir auf den Waden Haare wuchsen.

Eine der Freundinnen meiner Cousine hatte große Brüste. Sie sahen so unschuldig aus, nicht obszön oder geil oder verdorben. Sie hatte unschuldige, kindliche große Brüste, und einmal hätte ich sie fast angefaßt deswegen, aber ich ließ es bleiben.

Ich ging mit der Tageszeitung meines Onkels auf die Toilette, und ich weiß nicht, ob irgend jemand auf die Idee kam, daß ich da weder las noch schiß, sondern mir nur die Frau auf Seite drei ansah.

Einige Jahre später wurde Streetball in Deutschland zu einer Mode, aber ich habe in jenem Sommer angefangen, Basketball zu spielen, auf dem Platz des Schulhofs, oft mit meiner Cousine. Damals müssen wir ungefähr gleich schlecht gewesen sein, heute spielt sie in der Nationalmannschaft, und ich mußte auch zusehen, wie mein Bruder im Laufe der Jahre immer besser wurde, so daß ich heute kaum eine Chance gegen ihn habe. Aber das ist egal, es gibt nicht so viele Sachen, die ich in meinem Leben gefunden habe. Und es war schwierig, die anderen Sachen zu finden, verglichen mit dem Basketballspielen, den Geschmack eines sorglosen Sommers im Mund, in dem es immer Honigmelonen zum Nachtisch gab.

Früher wollte ich immer einen Flammenwerfer zum Geburtstag

Es war eine von jenen Nächten, in denen sich die Wolken so tief herabsenken, daß sie die Erde zu erdrücken scheinen. Der Regen schlug wie eine wütende Katze gegen die Fenster der Bar. Der Raum roch nach schalem Bier und feuchter Kleidung mit einer ekelerregenden Beimischung von billigem Parfüm.

Sie sah mich auf einem Hocker gegen den Zigarettenautomaten zurückgelehnt sitzen und glaubte anscheinend, daß ich mir einen feuchten Abend zu zweit leisten könne. Also kam sie hüftschwenkend herüber.

»Du siehst aus, als könntest du ein wenig Gesellschaft brauchen.«

Ich sah in ihren Ausschnitt und sah da etwas, das wie ein Versprechen wirkte.

»Ich will dir mal eine Geschichte erzählen:

Ich kannte einen Typen, der hieß Frank. Er war als kleines Kind schon gewalttätig. Wir haben damals zusammen in der E-Jugend bei Viktoria Buchheim gespielt, so haben wir uns kennengelernt. Er war Verteidiger und ich Torwart. Er hat alle Stürmer umgenietet und ist regelmäßig vom Platz gestellt worden. Aber das ist nicht alles, einmal geriet er wegen irgendeiner Entscheidung so in Rage, daß er dem Schiri in die Eier trat. Und er traf. Vielleicht wäre er nicht aus dem Verein geflogen, wenn nicht an dem Tag unser Trainer das Spiel gepfiffen hätte. Aber dann wäre er vielleicht auch nicht in den Boxverein eingetreten.

Er war ein intelligenter Typ, nicht so ein Asi, der sich etwas beweisen muß und jeden anpöbelt und Ärger sucht. Er tat einfach immer alles, wonach ihm gerade der Sinn stand. All das, wozu man selber schon mal Lust hat, aber sich nicht traut oder es nicht macht, weil man weiß, daß es falsch ist. Wenn du samstags morgens beim Bäcker stehst und da ist so ein Idiot, der es eilig genug hat, sich vorzudrängeln. Du würdest ihm gerne eine reinschlagen, aber das ist gegen alle Regeln. Frank schlug zu. Er wußte, daß man damit das Problem nicht löst, aber darum ging es ihm auch nicht. Er wollte immer so leben, als sei er das Gesetz. Wenn ich ihn sah, bekam ich das Gefühl, daß es so sein mußte, daß man auf schlechten Feten einfach in den Kartoffelsalat pinkelt, daß man dem Ringrichter bei einer Fehlentscheidung einen Leberhaken verpaßt. Frank schien frei zu sein, frei von diesem Unsinn, die Welt in Gut und Böse zu unterteilen. Du kannst tun und lassen, was immer du willst, sagte er, du mußt nur die Konsequenzen in Kauf nehmen, aber das ist auch schon alles.

Naja, eine Konsequenz war, daß er kurz vor dem Abi von der Schule flog. Er hatte bis dahin natürlich schon etliche Verweise gehabt, aber er hatte die Kurve immer gerade noch gekriegt. Ich war damals schon fertig mit der Schule, obwohl wir gemeinsam angefangen hatten.

Es gibt verschiedene Versionen der Geschichte. Frank erzählte später, er hätte gehen müssen, weil er auf ein paar wichtige Umstände im Lehrerkollegium aufmerksam gemacht hätte.

Er hatte es halt irgendwie geschafft, Nacktfotos von einigen Lehrerinnen zu machen, die er für bis zu 50 DM das Stück auf dem Schulhof vertickte. Frau Klose, die Biolehrerin, verkaufte sich wie ein Bestseller.

Frank war nicht ungeschickt und wäre wahrscheinlich nie erwischt worden, wenn er nicht die Dreistigkeit besessen hätte, auch seinem Mathelehrer ein paar Fotos anzubieten, im Tausch gegen bessere Noten.

Man kann nicht sagen, daß wir Freunde waren. Er hatte keine Freunde, genauso wenig wie einen Job. Aber ich mochte ihn, ich mochte ihn damals aufrichtig, ich kann gar nicht sagen warum. Womöglich bewunderte ich ihn insgeheim. Wenn wir uns nachts über den Weg liefen, beide bereits benommen vom Alkohol, zogen wir gemeinsam um den Block. Oft gerieten wir in Schwierigkeiten, und es schadete meinem Ruf als Privatdetektiv, mit ihm gesehen zu werden. Aber wenn man es nicht schafft, zu Hause alleine zu trinken, und es einen auf die Straßen zieht, dann ist man meistens sowieso auf Schwierigkeiten aus.

Frank bestahl mich oft, mal eine Uhr, mal etwas Kleingeld, kann aber auch sein, daß ich die Sachen im Suff einfach verlor.

Eines Nachts, es war im November, rutschte er aus. Das kann bei Glatteis jedem mal passieren, zumal nach fünfzehn oder zwanzig Pils. Daß er dabei mit dem Ellenbogen in das Schaufenster eines Juweliergeschäfts geriet, war ein unglücklicher Zufall. Daß ich dabei war auch.

So kam ich das erste Mal vor Gericht, mein Anwalt konnte Bewährung für mich rausschinden. Das hätte mir eine Lehre sein sollen, ich verlor natürlich meine Zulassung, aber ich konnte Frank einfach nicht böse sein. Nicht nachdem ich selber schon so oft von Bankraub geträumt hatte.

Drei Jahre später trafen wir uns wieder. Ich weiß es

noch ganz genau, obwohl ich bereits mächtig Schlagseite hatte. Wir liefen uns vor dem Päff über den Weg. Frank hatte eine große Tasche dabei, wahrscheinlich sein ganzes Hab und Gut. Mir ging es etwas besser, ich arbeitete damals als Aktfotograf für billige Zeitschriften. Es sah nicht so aus, als würde mein Leben jemals wieder eine Aufwärtsbewegung machen, aber ich tat so, als sei mir das egal.

Wir beschlossen, ins Harp zu gehen, ein paar Kilkenny aufs Wiedersehen zu trinken und ein paar Poguessongs mitzugrölen. Als wir am Waschsalon vorbeikamen, blieb Frank stehen und guckte sich durch die Glasscheibe die Leute da drinnen an. Ohne sich zu mir umzudrehen, sagte er:

– Sieh dir diese Affen an. Wie kann man sich nur zum Trinken ins Schaufenster stellen? Nutten sitzen in Schaufenstern, aber doch nicht Menschen, die sich amüsieren wollen. Ich mein, sieh es dir an, teure Klamotten, gegelte Haare, viel Schminke und wenig Hirn. Die wollen gar nicht feiern, die wollen nur gesehen werden. Diese Typen haben noch nie gelitten in ihrem Leben. Von denen sieht keiner aus, als habe er schon mal Angst gehabt. Außer vielleicht, ausgerechnet an Silvester einen Pickel zu kriegen.

Er schien voller Haß zu sein, voller Haß, aber nicht wütend oder so.

– Wie wichtig die sich vorkommen, wie beliebt sie sein wollen, wen sie nicht alles kennen, die können einem allein mit ihrer Anwesenheit das ganze Leben vermiesen. Laß uns mal ein wenig Spannung in die Bude bringen. Lassen wir sie mal den Schmerz spüren, diese blutleeren Langweiler.

Frank ging rein, und ich folgte ihm. Ich wußte nicht, was er wollte, ich wußte nur, daß wir bestimmt Ärger kriegen würden. Frank blieb im Eingangsbereich stehen und ließ die Tasche fallen. Er sah in dem Moment ein bißchen aus wie Robert De Niro. Er hockte sich hin, zog den Reißverschluß auf und hatte auf einmal einen Flammenwerfer in der Hand.

Er kam wieder hoch, hielt die Mündung in den linken Gang und legte los. Dann schwenkte er langsam rüber zum rechten Gang. Es wurde still. Nein, das stimmt nicht, man hörte noch den Flammenwerfer, dessen Geräusch mich an einen Bunsenbrenner in laut erinnerte, und eine Stimme aus den Boxen sang: Baby, don't you hurt me no more. Dann sprangen die Sicherungen raus.

Es war ein einziges Inferno, das Öl loderte überall, jede Menge Flammen, Hitzewellen, dagegen nahm sich die Hölle wie ein beliebtes Skigebiet aus. Du hast bestimmt in der Zeitung darüber gelesen, aber ich war dabei. Einem Typen, der direkt vor uns an der Theke stand, brannten die Haare lichterloh. Wahrscheinlich zuviel Haarlack. Ein von Flammen umrahmtes Milchgesicht, es war wie ein surreales Gemälde. Frank lachte.

Im Film fangen die Mädels ins solchen Situationen sofort an zu kreischen, und ein Wagemutiger stürzt sich auf den Übeltäter. Im echten Leben passierte vier ewige Sekunden lang gar nichts. Frank drückte mir den Flammenwerfer in die Hand und lief raus. Dann hörte ich die ersten Schmerzensschreie. Als danach die Panik ausbrach, schaffte ich es irgendwie, mich zu verpissen, aber jemand hatte mich mit dem Scheißding in der Hand gesehen.

Vier Monate später kriegte der Kerl mich. Er sah aus wie Freddy Krueger. Ich weiß nicht, wie er mich gefunden hat. Die Rache ist mein, sagte er noch, auch wenn ich Stein und Bein schwor, daß ich unschuldig war. Später hat er den Notarzt angerufen, damit ich nicht verblute. Das verstand er unter Rache. Ein Leben ohne Eier.

Weißt du, es ist mir zum ersten Mal aufgefallen, als meine damalige Frau mich mit Frank betrogen hat. Hinterher noch sehr viel öfter. Diese Bißwunden am Dekolleté.«

Sie hatte während meiner Rede keine Miene verzogen, aber jetzt stand ihr der Mund offen, und sie führte ihre Hand an die Wunde, die nur schlecht überschminkt war. Mein Instinkt hatte mich nicht getäuscht.

»Wo ist er?«

»Ich, ich … ich kenne ihn gar nicht.«

Ich steckte die Hand in meine Jackentasche und bohrte ihr meinen Revolver in die Hüfte. Ich, der Richter.

Die paar Mal

Einmal fuhr ich mit dem Auto von Hamburg, wo ich einen Freund besucht hatte, nach Köln. Ich hatte zwei, drei schöne Tage gehabt und wollte auf dem Rückweg noch ein paar Stunden bei meiner Tante in Bremen vorbeischauen. Ich hatte nicht sonderlich viel Zeit, ich mußte am nächsten Morgen wieder zu Hause sein. Ich verfuhr mich in Bremen, ich mußte pinkeln, ich hatte Hunger, daß ich schon schlechte Laune davon bekam, und nach einer halben Stunde und sieben oder acht Passanten, die ich nach dem Weg fragte, hatte ich hoffnungslos die Orientierung verloren. Es wurde bereits dunkel, als ich endlich einparkte, ich freute mich aufs Essen.

Meine Tante wohnt im Zentrum in einem Altbau über einem Juwelierladen, ich war schon öfter dort gewesen, ich wußte noch genau, wie ihre Wohnung aussah, ich wußte, daß sie etwas zu essen haben würde, ich fühlte mich auf eine Art erleichtert, als ich die Stufen hochstieg.

Ich war dreizehn oder vierzehn gewesen, als sie hier eingezogen war und ihr Vormieter eine Kiste mit Büchern im Keller vergessen hatte, die er auch später nicht abholte. Ich hatte mir damals ein paar mitgenommen, unter anderem *Unterwegs* von Jack Kerouac, weil ich gehört hatte, daß es ein Kultbuch ist. Es war eine Enttäuschung, aber so geht es mir mit den meisten Kultbüchern. Das ist auch nicht so wichtig, ich denke gerne daran zurück, wenn ich das Ding in meinem Regal stehen sehe, es hat eine Geschichte.

Ich kann mich nicht mehr erinnern, was es zu essen gab, aber es war das erste, wonach ich fragte, nachdem ich auf Toilette gewesen war, und ich weiß noch, daß es gut geschmeckt hat und ich mich wohl fühlte, als meine Tante hinterher aufstand, um einen Kaffee aufzusetzen.

Meine Tante ist eine dicke Frau um die fünfzig, die sehr früh geheiratet hat. Sie hat nur die Volksschule besucht und mit sechzehn ihre erste Tochter bekommen, ein paar Jahre später dann die zweite. Sie hat eine Bescheidenheit, die ich sonst von keinem Menschen kenne. Vielleicht liegt es an ihrer Schulbildung, vielleicht traut sie sich nichts zu, aber wahrscheinlich ist sie einfach nur ein herzensguter Mensch. Sie drängt sich nie jemandem auf, sie erhebt sich nie über andere, sie hört sich jede Meinung an, die ihr zu Ohren kommt. Warum sollte es nicht jemand anders besser wissen als ich? fragt sie immer. Woher soll ich wissen, daß ausgerechnet ich richtigliege? Und sie kann große Opfer bringen für Menschen, die ihr am Herzen liegen, und das sind nicht wenige.

Beim Kaffee fragte sie mich, wie die Dinge so liefen, und ich erzählte ihr von dem Projekt mit meinem Freund in Hamburg und zeigte ihr das Cover meines neuen Buches, das demnächst erscheinen sollte. Das alles mit einem Mißtrauen diesen Sachen gegenüber, das ich immer hege. Das ist noch nicht einmal Vorsicht oder Pessimismus, nur ist mir Vorfreude meistens fremd, ich glaube, ich bin einfach so, ich habe mir das nicht ausgesucht.

Meine Tante freute sich, ihre Augen leuchteten, sie lachte, sie war schon zufrieden mit der Welt, wenn es ihren Liebsten anscheinend gutging.

– Das hört sich wunderbar an, sagte sie, schon als

du klein warst, warst du anders als andere Kinder. Ich wußte, daß du mal etwas Gutes machen wirst, ich habs deiner Mutter prophezeit, als du fünf oder sechs warst. Wenn man so einen Anfang geschafft hat, geht es immer weiter, ich würde mir an deiner Stelle nicht solche Sorgen machen.

Es geht immer weiter, dachte ich, wie ein Ballon, aus dem langsam die Luft entweicht.

Sie strahlte mich an und umarmte mich mit ihren dicken Armen, ich drückte sie fest an mich. Diese Frau kannte mich von Anfang an, auch wenn ihr gewisse Bereiche meines Lebens völlig fremd waren, sie wußte, was für ein Mensch ich war. Ich brauchte nichts zu erklären, sie konnte jeden meiner Schritte nachvollziehen. Sie hatte mir beigebracht, barfuß auf PVC zu gehen, als ich vier Jahre alt war und Angst hatte, mit nackten Füßen auf kalte Flächen zu treten.

Ich empfand es als ein besonderes Lob, als sie sagte, ich würde mal ein sehr guter Schriftsteller werden. Sie hatte noch nie eine einzige Zeile von mir gelesen, einfach weil sie nicht genug Deutsch konnte, aber sie glaubte an mich, bedingungslos.

– Was willst du bloß machen, wenn du vierzig, fünfzig bist, fragte sie, du wirst die Menschen kennen wie deine eigene Handfläche, das Leben wird dann wahrscheinlich langweilig werden.

Ich wußte nicht genau, wie sie das meinte, und meine Menschenkenntnis hatte mich im letzten Jahr oft genug betrogen, aber ich nahm noch einen Schluck von meinem Kaffee und lehnte mich zurück. Diese Frau würde ihr Leben für mich geben, ich fühlte mich hier sicher, und später auf der Autobahn sang ich mit Tom Liwa mit: Ich will mal irgendwohin, und lächelte dabei in die Nacht.

Ein anderes Mal hatte ich genug Geld und Weitsicht besessen, um dem Winter in Deutschland für eine Weile zu entfliehen, Geld und Weitsicht, beides habe ich nicht oft im Leben. Ich war nach Jamaika geflogen, nachdem mir die mexikanische Botschaft ein Visum, das länger als nur achtundzwanzig Tage gültig war, verwehrte.

In Jamaika hatte ich mich erst einmal einsam gefühlt, so weit weg von allen Menschen, die ich liebte, so auf mich allein gestellt, so verwirrt und einsam, wie ich wahrscheinlich das letzte Mal mit sechzehn gewesen war. Ich träumte in der ersten Nacht, nachdem ich schon von einem Taxifahrer um etliche Dollar geprellt worden war, morgens aufzuwachen und mit Erleichterung, mit einer unbeschreiblichen Erleichterung, festzustellen, daß ich zu Hause war. Doch das verging wie alles andere auch.

Die Sonne schien, ich verstand dieses Patois nicht besonders gut, zweimal wurde ich fast ausgeraubt, ich lernte zwei Rastas kennen, die tatsächlich nicht drauf aus waren, Touristen abzuzocken, ich gewöhnte mich daran white boy genannt zu werden, im Bus oder wenn ich im Weg stand, und ich gewöhnte mich daran, daß Joints nicht rumgereicht wurden, weil jeder einen eigenen drehte.

Nach zwei Wochen lernte ich in Lucea Howard kennen. Er hatte in Negril, einem Touristenort, auf der Straße gearbeitet, was alles hieß, Betrügereien, Geldwechsel, Drogen, Hehlerei, weiße Mösen, die angeblich enger waren als schwarze, die ganze Palette, was einem einfällt. Er hatte aufgehört, als er merkte, daß es für ihn keinen Weg gab, in Negril zu bleiben und nicht täglich Crack zu rauchen, bis er kein Geld mehr hatte. Er mußte weg von der Droge, und er hatte mal Agrarwissenschaften studiert, der Weg zurück in die Gesellschaft stand ihm offen. Für jamaikanische Verhältnisse war er ein Mann mit einem sehr breiten Wissen, und er schien clever, wenn es darum ging, daraus auch Kapital zu schlagen.

Er nahm mich mit in sein Dorf, stellte mich seinen Eltern vor, die zwar von seinem ehemaligen Gelderwerb wußten, aber nicht von seiner Sucht. Er hatte Geschwister in Kanada, Amerika und England. Wir hingen ein paar Tage zusammen rum, er schien nicht zu kiffen, und ich ließ es einfach auch bleiben, das ist mir nie wichtig gewesen. Nach einer Woche oder so fuhren wir dann doch zusammen nach Negril. Für ihn war es ein kleines Geschäft, und ich habe sowieso eine ungesunde Neugier, was Drogen angeht. Ich probierte das eine oder andere zum ersten Mal in meinem Leben aus, und ich genoß es sehr.

Eines Vormittags, nachdem wir ein paar Stunden in Lucea totgeschlagen hatten, ein paar Bier getrunken und sinnlos im Schatten gesessen, gingen wir runter zum Strand, Watson Taylor Beach, es ist eine winzige Bucht, die man über ein paar Treppenstufen erreicht. Links geht es hinter der Bucht etwa fünf, sechs Meter in die Höhe, rechts sind flache Felsen, die zum Teil ins Wasser hineinragen. Dazwischen sind halt diese neunzig, hundert Meter Sandstrand.

Wir setzten uns auf die Stufen, es wehte ein angenehmer Wind, und ein paar Kinder spielten im Wasser. Wir müssen etwa eine halbe Stunde oder länger da gesessen haben, ohne ein einziges Wort zu sprechen. Die Sonne, das Meer, der Baum links von uns, dieser ockerfarbene Sand, die Kinder da unten, deren Stimmen der Wind zu uns trug, die Hitze, die hier auszuhalten war, die Geräusche der Wellen, wie sie manchmal gegen die Felsen schlugen, es war ein Bild des Friedens und der Ruhe, es war die Macht der Landschaft über die Seele.

Nach einer halben Stunde sagte Howie: Nice vibes, und wir saßen danach mindestens noch eine halbe Stunde wortlos da.

So ungefähr hatte ich mich gefühlt, wenn ich mich als kleines Kind in den riesigen Garten meines Opas verzogen hatte. Froh, da sitzen zu dürfen, wo mich kein Mensch finden konnte, wo alles so harmonisch war und mir nie langweilig werden konnte, weil es keine Spannung gab in mir, keine Unruhe. Wo ich manchmal nach dem Frühstück hinging, und Minuten später rief meine Mutter so laut sie konnte zum Mittagessen, obwohl ich noch gar keinen Hunger hatte. Aber das war schon lange her und in einem Land passiert, von dem Howie noch nicht einmal gehört hatte, aber das war jetzt egal.

Wieder ein anderes Mal fuhr ich im Spätsommer mit vier Freunden in einem VW-Bus nach Antwerpen. Wir hatten uns alle untereinander schon mal besser verstanden, aber vielleicht hatte es nur daran gelegen, daß wir damals dieselbe Musik toll fanden, dieselben Frauen anziehend, dieselben Getränke schmackhaft und dieselben Idioten hassenswert. Die Zeiten hatten sich geändert, es war schon schwierig, sich über die Kassetten zu einigen, die während der Fahrt laufen sollten. Ich denke, es gibt bei solchen Sachen keine Schuldigen, es war halt so gelaufen, und man konnte den anderen nicht böse deswegen sein. Außerdem kannten wir uns seit Jahren, es gab da eine gewisse Vertrautheit, und man neigte dazu, die Fehler der anderen zu entschuldigen oder zu übersehen, Fehler, für die man einem Fremden ins Gesicht gespuckt hätte.

Unterwegs hielten wir in Maastricht und kauften uns Zauberpilze. Auch die Wahl der Drogen hatte sich im Laufe der Jahren bei jedem geändert, es war nicht etwa so, daß wir uns sofort auf diese Dinger einigen

53

konnten, aber schließlich verließ jeder den Laden mit einem Tütchen in der Hand.

Stunden später waren wir in Antwerpen, ich war als einziger schon mal hier gewesen, vor etwas mehr als einem Jahr, mit meiner Geliebten, wir hatten ein paar wundervolle Tage gehabt, und das fiel mir wieder ein, als wir in die Stadt reinfuhren. Ich liebe es, zurückzukehren, ich liebe es, Straßen, Plätze, Häuser und Gerüche wiederzuerkennen, ich mag dieses Gefühl, daß ich mich auskenne in einer Umgebung, die mir eigentlich fremd ist und meistens weit weg. Deshalb habe ich auch immer den Drang, mindestens zweimal an die Orte zu fahren, die mir gefallen haben.

Ich lotste uns zu dem billigsten Hotel der Stadt, und als wir dann davor parkten, fiel mir unsere Zimmernummer ein, wie das Zimmer ausgesehen hatte, wie ich ins Waschbecken gepinkelt hatte, mir fiel der Sex ein, die Mahlzeiten, die Küsse, die Blase am Zeh, es war alles wieder da.

Wir nahmen uns zwei Zimmer und machten uns dann zu Fuß auf den Weg in die Altstadt. Jeder aß seine Pilze, es wurde langsam dunkel, und wir waren uns nicht einig, was wir machen sollten. Nur rumlaufen, etwas essen, in eine Kneipe gehen, ich hielt mich raus aus der Diskussion, weil ich wußte, daß diese Fragen sehr bald nicht mehr von Belang sein würden.

Den ersten nicht zu stoppenden Lachanfall hatte ich am Geldautomaten. Vor vier Wochen hatte ich meine Bankkarte verloren, und die neue war europaweit tauglich, meine erste in der Art, mit fünfundzwanzig hatte mich die Bank dann doch für würdig befunden, nachdem sie es vor ein paar Jahren schon mal wegen meines unregelmäßigen Einkommens abgelehnt hatte. Das ist an sich natürlich kaum witzig, aber darum geht es auch nicht. Es kam mir so wunderbar irreal vor, in einem fremden Land Geld zu ziehen, ich hatte das noch nie gemacht, und einen Moment lang fragte ich mich, woher denn dieser belgische Automat wußte, daß die eingetippte Geheimzahl richtig war.

Die Lachanfälle kamen wieder und wieder und nicht nur bei mir. Alles um uns herum verblaßte zu einer Kulisse. Nein, das ist nicht ganz richtig, diese Häuser nicht. Sie sahen sehr schön aus in diesem milden Abendlicht, und die Wolken schienen lila, aber die Menschen, die anderen Menschen, sie wurden zu bloßen Statisten. Ich sah sie an und konnte gar nicht glauben, daß sie existierten. Was wollten die eigentlich hier? Waren die echt? Wir waren der Film, um uns drehte sich alles, die Welt war doch nur ein erbärmlicher Schauplatz für profane Mühen. Wir saßen am Groen Plaats auf einer Bank, ich hätte gerne eine Zigarette gehabt, aber ich konnte auch lachen über dieses Verlangen.

– Wieso laufen diese Leute hin und her?
– Das verstehe ich auch nicht.
– Das kommt mir alles vor wie Playmobil.
– Es ist, als wären wir in eins dieser verdammten Märchen reingerutscht. Sieht diese Stadt immer so aus?

Die Frage galt mir, doch ich kannte die Stadt nicht, in der ich gerade war, das war auf gar keinen Fall dieselbe Stadt, in der ich letzten Sommer schon mal gewesen war. Ich war ganz woanders, und natürlich war es trotzdem dieselbe Stadt.

Wir saßen drei oder vier Jahrhunderte auf dieser Bank und fühlten uns nur noch wohl, dann wollte einer in eine Kneipe, ich wollte sitzenbleiben, einer wollte nur in eine besonders gemütliche Kneipe, der vierte kriegte paranoide Vorstellungen allein bei dem Gedanken an einen geschlossenen Raum, und der fünfte sagte gar nichts.

Wir wurden uns nicht einig, es war schon seltsam, noch nicht einmal die Pilze konnten uns vereinen, aber das scherte mich gerade wenig. Man mag mich einen Egoisten nennen oder einen verantwortungslosen Drogenkopf, man mag es Erhabenheit nennen, Gefühlskälte oder sonstwie. Man kann es für eine Flucht halten, die Unfähigkeit, mit der Realität umzugehen, es ist mir egal. Ich mußte dringend pinkeln, bei jedem Lachanfall befürchtete ich, mir in die Hose zu machen, und ich war gerade an einem Platz im Universum, wo ich mich wohl fühlte, ohne den geringsten Zipfel eines Zweifels oder einer Unzufriedenheit. Ich war dort, wo ich hingehörte.

Ein anderes Mal fuhr ich alleine mit dem Auto zu einem Konzert in der Phillipshalle in Düsseldorf. Ich gehöre nicht zu den Typen, die es cool finden, alles auf den letzten Drücker zu machen, ich bin auch keiner von denen, die es nicht anders können. Ich bin ein nervöser Mensch, vor allem, wenn mir etwas wichtig ist. Als ich den Wagen dann parkte, blieb ich drin sitzen, es war noch eine Viertelstunde bis Einlaß. Ich zündete mir eine Zigarette an und drehte die Musik lauter. Auto bedeutete nicht trinken, bedeutete, die Zeit nicht angenehm vertrödeln können. Ich bin auch keiner von denen, die stolz sind auf Trunkenheit am Steuer und damit rumprahlen.

Drinnen kaufte ich mir einen Plastikbecher Bier und setzte mich auf einen der Plätze weiter oben, um mir in Ruhe die Leute anzusehen. Ich hatte ein jüngeres Publikum erwartet, weil es jetzt überall so zu sein schien. Die alten Fans waren meistens schon verheiratet und fanden keine Babysitter. Aber diese Leute hier hatte der Heiratsmarkt anscheinend vergessen, oder irgend etwas anderes in der Art. Sie waren mir lieber als die Kids. Es ist einfach, ein Rebell zu sein, solange du noch jung bist, es liegt in der Natur der Sache, aber es gibt nur wenige, die sich zehn Jahre später immer noch nicht an das Leben gewöhnt haben.

Und trotzdem fühlte ich mich nicht wohl. Ich war alleine hier, und ich hatte das Gefühl, jeder würde es merken. Wer ist denn das da, hat der keine Freunde, die gute Musik hören? Doch hatte ich. Zwei. Hatten beide nicht mitgewollt, und ich, ich mußte hierhin, Fanverhalten.

Ich hatte gar keine Lust mehr auf Konzert, als Die Cheerleaders, die Vorband, auf die Bühne kamen. Ich überlegte, ob ich die Sängerin gut fand, was für ein Mensch sie wohl war, wer diese Band ausgesucht hatte und daß ich eigentlich nur noch hier saß, um später behaupten zu können, ich sei da gewesen. Ich bekam wirklich miese Laune. Warum machte ich so was immer wieder? Die Leckt Mich Am Arsch Fahr Ich Halt Alleine Tour. Ich bin nicht auf euch angewiesen.

Suchte man sich das aus, oder wurde man zum Einzelgänger geboren? Ich hätte jetzt mit Bekannten in der Kneipe sitzen können. Dort war die Langeweile anders, noch nicht einmal unbedingt erträglicher, aber irgendwie dachte ich dann nicht soviel krudes Zeug.

In der Umbaupause beneidete ich diese Leute, die in Grüppchen herumstanden, tranken und lachten, Lederjackenträger dieser Welt, verblassende Jugend, Subkultur und vielleicht manchmal der wunderbare Wahn, unsterblich zu sein, und ich daneben, ohne jegliches Lebensgefühl.

Eine Frau mit karottenfarbenen, kurzgeschorenen Haaren sah mir in die Augen, vielleicht wollte sie lächeln, ich guckte schnell weg, vielleicht wollte ich schon nach Hause.

Die ersten beiden Songs hörte ich mir noch im Sitzen an, doch dann war alles zu spät. Beim dritten Stück tanzte ich irgendwo in den vorderen Reihen. Iggy Pop ist Energie pur. Raw Power. Es gibt Menschen, die gehen in Rente, ohne auch nur eine einzige Sekunde in ihrem Leben soviel Kraft verströmt zu haben, daß es sie förmlich zerreißt. Und bei so einer Überdosis kann man nicht dasitzen und zuschauen. So was läßt einen wünschen, auch ein Gott zu sein, vorne bei den anderen Göttern.

Ich vergaß, daß ich ein Mensch war, ich vergaß, daß ich lebte, ich vergaß die Sache mit dem Denken, ich war mir nicht bewußt, daß ich ein Teil des Universums war, ich existierte gar nicht mehr. Da war Musik.

Das letzte Mal war es nach einer Lesung in Erfurt. Es waren nicht viele Leute gekommen, aber ich hatte mich nicht darum geschert, deshalb war ich auch fast zufrieden mit mir. Richtig gut wird man wahrscheinlich dann, wenn man vor einem Publikum auftritt, das man einfach vergißt. Wenn man da vorne etwas zum besten gibt, das so ist wie Schreiben, nämlich allein, nur auf sich gestellt, ohne einen einzigen Gedanken an einen anderen Leser als sich selbst.

Das ist nicht immer einfach, oft fange ich bei Lesungen mit lustigen Sachen an, weil ich die Leute lachen hören will, weil ich will, daß sie sich freuen auf das, was noch kommt. An guten Tagen vergesse ich das irgendwann, dann gibt es nur noch mich und den Text, wir werden nie eins sein, aber manchmal kommen wir uns sehr nahe.

Ich trank ein wenig vor der Lesung, ein wenig währenddessen, und hinterher unterhielt ich mich kurz mit dem einen oder anderen und nuckelte weiter an meiner Flasche. Ich hatte jetzt schon Schiß vor diesem Hotelzimmer. Allein, nur der Fernseher, immer noch jede Menge Adrenalin in den Adern, viel zu aufgedreht, um schlafen zu können, keiner mehr, der an deinen Lippen hängt, und so ne Minibar ist manchmal schnell ausgetrunken. Ich kannte das, es gibt schon genug Abende, an denen man tanzt und Spaß hat und an denen es einem davor graut, alleine in die eigene Wohnung zu gehen. Das hier war eine fremde Stadt, und ich hatte mich seit einem halben Jahr nicht mehr betrunken und hatte es auch nicht vor.

Ich landete mit zwei Typen, die mir zugehört hatten, in einer Kneipe. Wir tranken jeder ein Pils und unterhielten uns über Literatur. Die meisten meiner wenigen Freunde sind nicht sonderlich belesen, was auch gut so ist, ich würde wahrscheinlich bekloppt werden, wenn Gespräche über Bücher zu meinem Alltag gehörten, doch solche Gelegenheiten wie heute genoß ich. So wie ich mich manchmal auch gerne mit Leuten unterhalte, die schon mal in Jamaika waren.

Vielleicht hätte ich mich doch noch betrunken und behauptet, daß von einem Westdeutschen in den nächsten zwanzig Jahren keine gutes Buch zu erwarten sei, und das auch noch begründet, aber irgendwann geriet ich mit einem der beiden Typen in eine Diskussion um doppelte Staatsbürgerschaften.

Er war prinzipiell dagegen, es war bereits nach Mitternacht, meine Leidenschaft war groß, aber zu so einer Stunde kann ich nicht mehr sauber argumentieren, und wenn ich es könnte, fehlte mir die Leidenschaft, ich und mein Hirn würden diesen Spinner schulterzuckend abtun, aber nein, wir lieferten uns ein Gefecht.

Das dauerte fast eine halbe Stunde, dann kam auch schon seine letzte Bahn, der dritte war mit dem Auto, und ich mußte noch vier Minuten zu Fuß zum Hotel.

Es nieselte, natürlich, meine Laune war auf einem Tiefpunkt. Was für Schwachköpfe lasen eigentlich meine Bücher? Und warum, um alles in der Welt, mochten sie sie? Klar, jeder konnte sie so lesen, wie er wollte, es gab da keine Vorschriften, aber bei manchen Leuten wäre mir wohler gewesen, wenn sie sich an Bestsellern versucht hätten.

Gut, ich hatte da nicht die Wahl, so etwas würde es immer geben, solange ich veröffentlicht wurde. Aber war es das, was ich wollte? Oder waren diese Idioten ein Preis, den man zahlen mußte? Wie eitel war ich eigentlich, daß ich meine Haut so zu Markte trug?

Sie kam gerade aus einer anderen Kneipe raus, ich erkannte sie, sie war auch auf der Lesung gewesen. Vielleicht war sie sehr feinfühlig, vielleicht besaß sie eine große Intuition, vielleicht lief ich aber auch herum wie ein offenes Buch.

– Soll ich mitkommen? fragte sie, und ich nickte einfach nur.

Oben machte ich den Fernseher an und legte mich hin, sie legte sich neben mich, ich war nicht allein. Ich kann mich nicht daran erinnern, daß wir großartig miteinander geredet hätten. Sie war einfach nur da, sie war da, als ich sanft einschlief. Als ich aufwachte, war sie verschwunden.

Die paar Mal aus den letzten Jahren fallen mir auf Anhieb ein, es wird wohl noch drei, vier andere Gelegenheiten gegeben haben, aber bei diesen hier waren meine Illusionen über Raum und Zeit einfach perfekt, ich hätte weder das eine noch das andere auch nur geringfügig ändern wollen. Normalerweise stimmt mindestens eins von beiden nicht, und das ständig, läßt mich wünschen, woanders, wannanders zu sein.

Affären

Die meisten Männer sind für Affären. Sie werden wohl ihre Gründe dafür haben. Mich hat das Leben schon sehr früh etwas anderes gelehrt. Meine Jugend habe ich in einem tschechischen Dorf in den Anden verbracht. Es gab da zwar keinen Blumenkohl, aber sonst war es ganz schön. Und in diesem Dorf trug sich seinerzeit folgende Geschichte zu:

Mein Freund Pablo, ein kleinwüchsiger, krummbeiniger Schwede, lebte mit seiner Freundin Louella, einer gebürtigen Katholikin, in einer kleinen Hütte, gleich links hinter dem Rathaus. Die beiden waren vier oder fünf Jahre lang ganz glücklich, sie hatten einander, und viel mehr brauchten sie nicht. Sie lebten von nur drei Dingen: von dem Getreide auf dem Acker, von den Fischen im Meer und von den Tieren und Vögeln im Wald. Wir anderen schnupften Koks wie nix Gutes und versuchten uns mit einem Bordell für Sodomiten etwas hinzuzuverdienen, aber Louella und Pablo trachteten nicht nach mehr, als sie hatten. Sie waren glücklich mit ihrem Los.

Eines Tages verspürte nun Louella den Drang nach mehr, es sei doch ein so elendigliches Leben, immer nur drei Dinge und ein Mann, ein Leben bar jeder Aufregung und Überraschung. Sie nahm sich heimlich einen Liebhaber aus dem Nachbardorf. Naja, um eine lange Geschichte kurz zu machen, die beiden hatten transzendentalen Sex, verbrachten einen wunderschönen Tag am Schwanensee, während Pablo gerade auf Heringsfang war, sie waren sich einig darüber, daß sie nicht ineinander verliebt waren, der Liebhaber hatte einen flachen Bauch, auf dem sich die Muskeln abzeichneten, und nicht so viele Haare auf der Brust wie Pablo, er hatte schon mal Blumenkohl gegessen und wußte ein altes indianisches Geheimrezept gegen Cellulitis. Und dadurch flog die ganze Sache denn auch auf. Pablo wunderte sich, wohin denn die ganze schöne Cellulitis verschwunden war, die er so geliebt hatte an Louella. Sie wand sich, sie druckste rum, sie suchte nach Ausflüchten, aber letztendlich mußte sie doch mit der Sprache rausrücken. Pablo warf sich ins Heu und weinte bitterlich. Danach kam er zu mir und wollte sich eine Nase Koks reinziehen und ein Lama ficken. Ich wollte ihm beides verweigern, da es seinen sicheren sozialen Abstieg bedeutete, aber nun traf es sich, daß ich gerade zu dieser Zeit sehr viele Schulden bei einem gefürchteten Mafiaboß hatte, er hieß Knut Monsun oder so ähnlich, es ist jetzt Jahre her, er kann auch Mario Brandlo geheißen haben, ich weiß es nicht mehr. Auf jeden Fall hatte ich also Schulden und verkaufte aus dieser Not heraus meinem Freund Pablo eine Nase Koks, das Lama aber ließ ich ihn umsonst ficken. Binnen zweier Tage war Pablo ein genauso heruntergekommenes Stück Scheiße wie ich. Und deshalb bin ich gegen Affären. Ich liebe meine Freunde, ich will nicht, daß sie so werden wie ich. Pablo sagt immer: Dafür, dagegen, ach scheiß doch der Hund drauf, muß jeder selber wissen. Wo, verflucht noch mal, ist jetzt wieder das Gnu hin?

Seiten

It's dem books. Too much reading fucks up your mind, man, you gotta listen to nature, erklärte Roy mir eins der Übel dieser Welt. Einige Zeit später beschiß er mich um soviel Geld, eins der anderen Übel, daß ich eine Woche davon hätte leben können.

Manchmal denke ich an ihn zurück und möchte ihm fast recht geben. Zuviel lesen ist womöglich tatsächlich schlecht für einen, aber nicht nur zuviel, auch wenig muß nicht gut sein.

Ich habe schon immer viel gelesen, und in Stunden von ensetzlicher Eitelkeit bilde ich mir sogar was darauf ein. Ich habe mich oft von Schriftstellern belügen lassen, meine romantischen Vorstellungen von Glück, Stolz, Liebe, Mut und Heldentum stammen aus ein paar tausend Buchseiten, und es ist schwer, diese Vorstellungen mit der Welt da draußen in Einklang zu bringen. Diese Scharlatane haben mir überlebensgroße Bilder vorgehalten, denen ich jetzt irgendwie immer noch nachhänge, diese Schwindler haben mir wertvolle Stunden gestohlen, diese selbstverliebten Angeber haben es so weit gebracht, daß ich mir über eine Menge unnütze Dinge Gedanken gemacht habe, anstatt draußen zu sein und einfach nur zu leben, mit dem Herzen der Natur zu lauschen. Das Wissen bereichert uns nicht, sondern legt der Phantasie immer mehr und mehr Schranken auf.

Doch wirklich, manchmal erscheint es mir wie eine Krankheit, wieso muß ich mich immer ablenken lassen, statt mich auf meine Welt zu konzentrieren, wieso muß ich soviel anhäufen, das zu nichts gut ist, das mich immer mehr verwirrt und verzweifeln läßt, anstatt mich in irgendeine Richtung weiterzubringen?

Ich mein, sieh sie dir an, diese Bücherwürmer, die ihre gesamte Lebenserfahrung von fremden Menschen beziehen, die sie nie persönlich kennenlernen werden, diese faulen Säcke in ihren Lehnstühlen und Betten, in den Straßenbahnen und Büchereien.

Wieso lesen sie anderer Leute Ergüsse, wieso machen sie nicht einfach selber etwas? Die Wahrheit hat ihren Preis, und wer nicht bereit ist zu zahlen, kauft sich eben ein Buch.

Lesen, der einsamste Genuß, den man sich vorstellen kann, Literatur, die einzige Kunstform, die nicht sinnlich ist.

Wenn einer anfängt zu fragen und Antworten in Büchern zu suchen, ist von der ersten Sekunde an kein Ende abzusehen. Vielleicht nennen sie das Kultur. Und aufhören ist schwierig, wir haben es hier mit einer Sucht zu tun.

Als ich anfing zu schreiben, hatte ich keine bestimmte Leserschaft im Auge, aber ich habe hinterher festgestellt, daß ich mir insgeheim gewünscht hatte, es mögen solche Menschen wie meine Freunde sein. Keine Ahnung, wie ich auf diese verquere Idee kam, die meisten meiner Freunde haben in ihrem Leben keine fünf Bücher gelesen. Und so jemand wie Jens zum Beispiel, der *Die Möwe Jonathan* für ein gutes Buch hält, weil es das einzige ist, das er je zu Ende gelesen hat, hat ein besseres Gespür für das feine Spitzenwerk der Seele, als ich es wahrscheinlich je haben werde.

Nein, es lesen immer dieselben Leute, das Publikum besteht aus kontaktscheuen Buchhändlerinnen, aus Germanistinnen mit zwei Siamkatzen, Bildungsbürgern und Pädagogikstudenten, aus mindestens ebensovielen Pfarramtskandidaten und verhinderten Schreibern. Und hier und da ein Schwerverbrecher, das kommt davon, wenn man die Leute lesen lernen läßt.

Menschen, die sich bestenfalls eine Dosis Leben holen, weil es draußen gerade regnet und dunkel und grau ist, Menschen, die schlimmstenfalls gar kein eigenes Leben haben.

Der Kulturbegriff dieser Leute kann mir gestohlen bleiben, ein Kulturbegriff, wo Musik, Theater, Film, Literatur und Malerei wertvolle Dinge sind, ein Stück Lebensqualität, so wie der Kamin zu Hause, während Sex, essen, schlafen, malochen, stundenlang an einem See hocken, sich berauschen, mit Körperkraft durchsetzen, mit Schußwaffen hantieren, einfach nur primitiv sind. Wo kultiviert sein bedeutet, daß man in der Lage ist, besonders erlesene Sachen zu genießen, weit weg von allen einfachen Dingen. Wo Leute Bildung anhäufen, um irgendwo irgend etwas zu gelten, um mitreden zu können.

Ich bin froh, daß ich mich im Ernstfall auf einer nicht verbalen Ebene wehren kann. Ich bin froh, daß ich kaum Kontakt zu diesem Kulturbetrieb habe, ich bin froh, daß ich nicht so intelligent und gebildet bin, daß ich Gefahr liefe, darauf auch noch stolz zu sein.

Bücher machen keinen besseren oder schlechteren Menschen aus einem, Roy war ein unehrliches Stück Scheiße, aber ich bin zum Glück nicht sein Richter. Und wieso ich Bücher mag, steht woanders.

Haste mal Feuer?

Jeder hat wahrscheinlich schon mal davon gehört oder gelesen. Diese Geschichte über die Romantik des Rauchens, wie kleine Jungen auf dem Klo der Schule damit anfangen, wie kleine Mädels mit zum ersten Mal lackierten Fingernägeln eine Zigarette in der Hand halten, wie man sie in der hohlen Hand verbirgt, was man alles ißt, um den verräterischen Geruch loszuwerden.

Wir kennen das fast alle, kein Mensch kann lange ohne Tabak sein, heißt es, da wird Kette geraucht auf dieser elenden, endlosen Parkplatzsuche, philosophiert über den Geschmack dieser Dinger nach dem Frühstück oder dieses Ritual verherrlicht. Es gibt Hunderte Geschichten darüber, und es ist nicht so, daß sie mich nicht begeistern. Der Genuß kann vollkommen sein.

Und er fängt ganz am Anfang an. Es ist der erste Zug an einer Zigarette, ob selbstgedreht oder aus der Fabrik spielt dabei keine Rolle. Schon der erste Zug muß perfekt sein.

Vielleicht bilde ich es mir ein, aber benutzt man ein Gasfeuerzeug, schmeckt der erste Zug nach Gas. Das ist keine Art, sich eine Zigarette anzuzünden. Es sei denn, an einem Gasherd. Man dreht auf, klickt den Herd an, beugt sich mit der Zigarette im Mund runter und macht sie an. Man geht zum Feuer und führt nicht das Feuer an die Kippe. Das hat Stil. Herd aus. Man ist in der Küche, sowieso einer der vielsagendsten Orte.

Das mit den Benzinfeuerzeugen bilde ich mir nicht ein. Da schmeckt der erste Zug beschissen. Zippo hin, Zippo her, sturm- und regenfest, nun gut, aber ich bin Genießer, und ein Benzinfeuerzeug ist für Leute, die cool sein wollen, nichts für Raucher.

Streichhölzer. Streichhölzer sind cool. Wer da skeptisch ist, sollte bei den nächsten zehn Bogartfilmen darauf achten. Streichholz anreißen, ein wenig brennen lassen, bis der Schwefel weggebrannt ist, und an die Zigarette halten. Ist natürlich bei Wind völlig fürn Arsch, diese Methode, man könnte gleich an dem Zündholzkopf lutschen, der Geschmack wäre der gleiche. Aber immer noch angenehmer als Gas oder Benzin.

Noch besser ist es, wenn man am Lagerfeuer sitzt und sich einen kleinen Ast nimmt, dessen Ende glüht. So muß man eine Zigarette anrauchen, das schmeckt fast so gut wie gegrilltes Fleisch.

Und wem bei Glühen Zigarettenanzünder einfällt, der benutzt ihn wahrscheinlich nicht oft. Ein Zigarettenanzünder schmeckt meistens nach kalter Asche, die vom vorigen Mal daran kleben geblieben ist.

Jedesmal, wenn man sich eine Kippe an einer Kerze ansteckt, stirbt ein Seemann. Das hat sich wahrscheinlich schon rumgesprochen. Außerdem schmeckt das auch nicht.

Es gibt noch ein paar andere Möglichkeiten, auf die man kommt, wenn man in blöden Situationen ist. Ich werde nie vergessen, wie ich eines Morgens verkatert in dieser WG aufwachte. Kein Mensch war da, alle mußten arbeiten oder studieren oder so was. Ich machte mir Kaffee und steckte mir eine Marlboro in den Mund, eine aus der Packung auf dem Küchentisch. Ich fand kein Feuer, nur leere Streichholzschachteln oder Gas-feuerzeuge, die ihren Geist aufgegeben hatten.

Es war Winter, ich hatte keinen Haustürschlüssel und wollte nicht vor die Tür, um mir Feuer zu besorgen. Ich suchte in den Zimmern. Ich steckte sogar meine Hände in die Jackentaschen fremder Leute, aber da war nichts zu holen.

Man gesteht sich seine Sucht nicht gerne ein, ich wollte nicht zu den Nachbarn mit der Fluppe im Mund, ich wäre mir lächerlich vorgekommen. Der Kaffee wurde langsam kalt.

Klar nur ein Elektroherd, klappt wahrscheinlich nicht. Ich hatte es noch nie versucht.

Da fiel mein Blick auf den Toaster. Ich drückte den Hebel und wartete, bis die Drähte glühten. Dann beugte ich mich mit der Zigarette runter. Es war ver-dammt heiß. Ich hielt den Kopf schräg und zielte auf einen dieser dünnen Drähte.

Mir lief eine Träne die Wange runter, als ich mich wieder hinsetzte. Es schmeckte gut. Und heutzutage hat fast jeder einen Toaster. Ich werde nie wieder in so eine Situation geraten, in fremden Wohnungen ohne Feuer dazustehen. Das ist ungemein beruhigend.

Meine Mutter verließ England

Drei Tage fuhr mein Vater 1963 mit dem Zug von der Türkei nach Deutschland. Zusammen mit anderen Männern, mit denen er auf der Fahrt Karten spielte, trank und rauchte.

Mit manchen verstand er sich besonders gut, und sie gingen später oft zusammen weg, zuerst in Kneipen und Cafés, als sie genug deutsch konnten, auch ins Kino. Den Frauen stiegen sie die ganze Zeit nach.

Mein Vater hatte nie vorgehabt zu heiraten, bis er an diesem kalten Winterabend meine Mutter traf. Sie hastete nach Hause, da sie sich verspätet hatte, rutschte auf dem plattgetretenen Schnee aus und fiel hin. Mein Vater half ihr hoch.

Ihre Eltern waren gegen die Beziehung, doch als meine Mutter zwei Jahre später volljährig war, heirateten sie und mein Vater.

Vier Monate später kam mein Bruder zur Welt. Als er ein halbes Jahr alt war, ließen sie ihn bei Bekannten und fuhren vierzehn Tage nach Paris, verspätete Flitterwochen. Dort gerieten sie auf eine Party, bei der sie von dieser Bowle tranken, die mit LSD versetzt war. Zumindest hat meine Mutter das später behauptet. Sie schwärmte oft von Paris und von diesem Abend.

Anderthalb Jahre später wurde meine Schwester geboren, mein Vater besuchte mittlerweile die Abendschule, um sich fortzubilden. Er hatte die Aufsicht über eine ganze Abteilung, als ich 1971 als Nesthäkchen zur Welt kam.

Meine frühen Erinnerungen sind fast alle angenehm. Am liebsten denke ich an die Sonntagvormittage zurück, an denen meine Schwester und ich das große Doppelbett unserer Eltern stürmten, die Decken aufbauschten und darin rumzappelten, als seien das Wellen im offenen Meer. Ich zog mir Socken an, so daß die Fersen der Strümpfe gerade meine Zehen berührten, und wedelte wild mit den Beinen.

Mein Bruder schlief meistens noch. Mit ihm konnte man nicht so gut spielen, er war sehr ruhig und in sich gekehrt. Wenn meine Schwester und ich uns aus Decken Zelte bauten, saß er da und spielte ganz still und leise mit seinen Glasmurmeln oder las in einem Buch.

Als meine Schwester in die Schule kam, wollte ich unbedingt auch, aber ich durfte nicht. Ich ließ sie schwören, daß sie mir jeden Tag erzählen würde, was sie gelernt hatte. Sie hielt ihr Wort.

Meinen Vater sah ich zu der Zeit selten, er machte sich gerade selbständig mit einer Firma für Fenstersysteme. Meine Mutter stand oft am Herd oder saß am Küchentisch und blätterte in Reisemagazinen. Ich sah mir auch gerne die Fotos aus fremden Ländern an, die grünblauen Buchten, die Wüsten, die Tiere, die riesigen Städte mit den Neonlichtern.

Mutter erzählte uns von Paris, von den Lokalen und Cafés dort, von den Weinen und Croissants, und wir hörten ihr zu, während wir die Teigreste aus der Schüssel naschten. Mein Bruder las immer mehr. Eines Abends, als das Licht schon aus war, erzählte er uns, er wolle Schriftsteller werden. Ich fand das langweilig, ich wollte etwas lernen.

Die erste Klasse übersprang ich, dank meiner

Schwester. Auch in der zweiten Klasse langweilte ich mich manchmal, aber ich mochte meine Lehrerin, Frau Schafenstein, sehr gerne. Ihr zuliebe verhielt ich mich still. Einmal erzählte sie, mit einem Mikroskop könne man winzige Sachen sehen. Ich wünschte mir eins zum Geburtstag und saß dann damit da und verdarb mir die Augen. Ich konnte mir stundenlang Pantoffeltierchen anschauen. Mein Bruder hatte unrecht, die konnten mit Sicherheit genauso denken wie wir.

Ich kam auf dasselbe Gymnasium wie mein Bruder und meine Schwester, die mir schon viel davon erzählt hatte. Die Eltern der anderen Kinder waren alle sehr reich, und manchmal wurde sie wegen ihres Namens gehänselt.

Die Firma, die mein Vater gegründet hatte, schien jetzt gut zu laufen, wir zogen um in ein großes Haus, und meine Mutter fuhr uns jeden Morgen mit dem neuen Auto zur Schule. Die Lehrer waren alle nicht so freundlich wie Frau Schafenstein, aber ich fand den Unterricht genauso leicht.

Mein Bruder las lieber Bücher, als Hausaufgaben zu machen, und mußte bald auf eine andere Schule. Dort fand er eine Freundin, ein blondes, dünnes Mädchen, das schnell rot wurde. Meine Eltern wollten nicht, daß er so oft mit ihr zusammen war, er sollte lieber zu Hause lernen, doch wenn er zu Hause war, legte er ein Buch auf seine Schulsachen und las. Bald bekam er eine Brille.

Mein Vater war immer seltener zu Hause, und meine Mutter brachte immer mehr Reiseprospekte mit. Ich hatte längst das Interesse daran verloren, ich beschäftige mich mit anderen Dingen. Ich wünschte mir einen Chemiebaukasten, und nach kurzer Zeit bekam ich schon kleine Explosionen hin. Niemand kümmerte sich darum. Meine Mutter blätterte in diesen

Magazinen, die nun in jedem Zimmer herumlagen. Sie kochte noch, aber sie backte keine Kuchen mehr. Sie erzählte immer öfter von Paris, jetzt weihte sie uns auch in die Geschichte mit dem LSD ein. Mein Bruder zuckte mit den Schultern, als er das hörte, und ich schlug die Formel in einem Buch nach, aber das sagte mir auch nichts. Manchmal weinte meine Mutter, ohne daß wir wußten warum. Ich fühlte mich dann schuldig.

Eines Abends, mein Vater war mal zu Hause, wir saßen zu dritt vor dem Fernseher, meine Schwester und ich links und rechts von ihm, und sahen einen Film mit Louis de Funes, als meine Mutter reinkam und sagte, mein Bruder sei schon zwei Stunden überfällig. Mein Vater regte sich auf. Immer hat er nur seine Freundin im Sinn, schrie er und rief dann bei ihren Eltern an, doch die sagten, er sei schon lange weg.

Eine halbe Stunde später stand die Polizei vor der Tür. Mein Bruder hatte einen Unfall gehabt, ein Auto hatte ihn angefahren. Als wir endlich vor der Intensivstation standen, starb mein Bruder. Ich weinte und weinte und weinte. Ich wollte, wenn ich groß war, Arzt werden. Meine Schwester und mein Vater weinten auch. Meine Mutter fiel in Ohnmacht.

Wir zogen wieder um, meine Schwester und ich kamen auf eine andere Schule. Dort fingen wir an, unser Taschengeld aufzubessern. Ich schrieb Aufsätze für andere Schüler, die meine Schwester mir vermittelte. Einige Male machte ich die Aufgaben von welchen, die zwei Klassen über mir waren. Das Geschäft lief gut, ich kaufte mir Chemikalien und ein dickes Buch über Meerestiere, meine Schwester kaufte sich Lippenstifte und Nagellack. Abends holte sie manchmal ein Junge mit einem Auto ab. Ich war eifersüchtig, sagte aber nichts.

Meine Mutter weinte immer öfter, mein Vater war fast gar nicht mehr da. Ich experimentierte in meinem kleinen Zimmer, bei einer Explosion zerbrach die Fensterscheibe. Es war Winter, und ich fror die ganze Nacht.

Eines Tages sah ich, wie meine Mutter Koffer packte. Ich wagte nicht zu fragen, ich ahnte, daß etwas Schlimmes dahintersteckte. Ich erzählte es meiner Schwester. Sie versprach mir, sie werde sich um mich kümmern. Zwei Tage später war meine Mutter weg, sie flog nach London, wo sie Verwandte hatte.

Meine Schwester und ich bekamen jetzt Haushaltsgeld, ich schrieb keine Aufsätze mehr für andere, sie traf sich nicht mehr mit dem Jungen. Wir kannten alle drei Pizzataxifahrer, und ich betrieb Forschungen mit Mäusen.

In ihrem letzten Jahr auf der Schule wurde meine Schwester die Geliebte eines Arztes. Seine Frau billigte die Affäre, und die beiden fuhren oft übers Wochenende weg. Ich kaufte mir ein Terrarium.

Mein Vater kümmerte sich kaum um uns, wir waren ja alt genug. Einmal betranken er und der Arzt sich mit Cognac. Sie bekamen Streit, und mein Vater verprügelte ihn. Meine Schwester wollte ausziehen, sie brach die Schule ab und kellnerte in einem Café. Meine Mutter schrieb aus London, es regne sehr oft, es gehe ihr gut, sie habe Arbeit, und sie sei schon in Spanien und Irland gewesen. Ich schrieb zurück, daß mein Vater fast nur noch in der Türkei sei.

Das Haus kam mir sehr groß vor. Dann machte ich meinen Abschluß, und alles wurde anders. Meine Mutter verließ England, meine Schwester ihren Liebhaber, und ich beschloß, Delphinforscher zu werden.

Winner

Die Sonne ging langsam unter, es gab nicht viel zu tun. Morgen früh würden wir abreisen, und wir hatten zwei wundervolle Wochen hier verbracht. Es war immer schön, in der Vorsaison zu fahren, kaum Touristen, schon warm genug zum Schwimmen und die einsamen Buchten, die man heutzutage eigentlich nur noch von Postkarten kennt, waren wirklich noch einsam. Es war himmlisch gewesen, wirklich, aber im Moment machte sich Langeweile in mir breit. Ich saß auf der Terrasse und starrte auf die Farben am Horizont.

Drinnen unterhielt meine Frau sich mit dieser Rentnerin, die wir hier kennengelernt hatten. Ich konnte auf die Entfernung nicht verstehen, worüber die beiden redeten, ich drehte meinen Kopf und betrachtete meine Frau. Sie hatte das blaue Kleid mit den weißen Punkten an. Das hatte sie auch an dem Tag angehabt, als wir das erste Mal miteinander schliefen, das werde ich nie vergessen. Ich hänge an diesem Kleid. Die Schweizerin mit den lila Haaren trug Shorts in einer undefinierbaren Farbe und dazu ein Bikinioberteil. Sie sah eigentlich ganz gut aus für ihr Alter, aber ich fand ihre Gegenwart unerträglich.

Ich fühlte mich einfach nicht wohl, ich konnte mich auch nicht an diesem Sonnenuntergang erfreuen. Einen Moment lang wünschte ich mir, schon im Flieger zu sitzen, oder noch besser: mit Patrick in der Kneipe. Das hatte mir hier gefehlt. Alles andere hatte ich im Überfluß gehabt: Essen, Landschaften, Sonne und Sex.

Als ich an den Sex dachte, den wir in den letzten Tagen gehabt hatten, verspürte ich wieder Geilheit.

– Ich geh noch mal eine Runde spazieren, rief ich nach drinnen.

Meine Frau nickte abwesend, und ich machte mich auf den Weg zu dieser felsigen Bucht, zu der sich auch in der Hauptsaison kaum jemand verirrte. Es gab da keinen Platz, an dem man sich sonnen konnte, und ins Wasser konnte man auch nicht, ohne sich die Füße an diesen scharfen Kanten aufzuschrammen.

Ich mochte die Einsamkeit dort, die Ruhe, das sanfte Plätschern, die Erhabenheit. Vor einigen Tagen war ich schon mal alleine dagewesen und hatte eine Frau gesehen, die nackt auf einem Felsen saß, eine Decke unter sich, ihre Klamotten lagen neben ihr. Sie wirkte keineswegs erschrocken, als sie mich sah. Ich hatte ihr kurz zugenickt und war dann weitergegangen, um keine peinliche Situation aufkommen zu lassen. Aber die zwei Sekunden, die ich sie angeschaut hatte, hatten gereicht. Ich wußte jetzt noch genau, wie ihre Brüste aussahen und wie lang der Weg von ihrem Bauchnabel zu ihren Schamhaaren war. Und wie schön die Farbe ihrer Haut zu der Farbe der Felsen paßte.

Ich war geil und ein wenig ungeduldig. Ich ging etwas schneller. Ich wußte genau, was ich wollte. Ich wollte auf diesem einen Felsen stehen, nackt, das Gesicht dem Meer und der Sonne zugewandt, und in dieser unendlichen Freiheit wollte ich wichsen. In Gottes freier Natur, splitterfasernackt mit einem steifen Schwanz in der Hand, aus dem dann die Tropfen in einem hohen Bogen ins Meer spritzen. Drei Meter tief und dann mit einem sanften Platsch verschwinden. Wahrscheinlich würden sie auch kleine Ringe bilden.

Man soll mich nicht falsch verstehen, ich hatte wirklich großartigen Sex mit meiner Frau. Aber Selbstbefriedigung ist etwas ganz anderes. Etwas wunderbar Egoistisches. Ich und mein Schwanz und sonst nichts. Ich kann alles machen, was ich will, und es hat nicht den schalen Beigeschmack einer Ersatzbefriedigung, wie es noch mit vierzehn, fünfzehn war.

Ich sah einen Menge Bilder vor mir, die ich längst vergessen geglaubt hatte.

Melanies Hand, die meinen Penis fest umschlossen hielt und langsam auf und ab fuhr. Im Sommer am Baggerloch, in einer Ecke, die nicht wirklich abseits gelegen war. Sie versuchte die Blicke der anderen Leute mit ihrem Körper abzuschirmen. Ich muß damals so siebzehn gewesen sein. Es hat nicht lange gedauert, aber es war wunderbar.

Oder als es mir in der Straßenbahn gekommen war. Ich war noch sehr jung, ich hatte erst einmal die Brüste einer Frau angefaßt und das in betrunkenem Zustand, so daß ich mich hinterher kaum noch dran erinnern konnte. Und etwa zwei Wochen später stieg dieses Mädchen, das nicht größer als einssechzig gewesen sein kann und riesige, riesige Titten hatte, zusammen mit ihrem Freund in die Bahn ein, der an der Tür seinen Kopf einziehen mußte. Als ich die beiden sah, sprang meine Phantasie direkt zu diesem Bild: Er hockt auf ihr, und sein Ding verschwindet zwischen ihren Brüsten. Es machte mich wahnsinnig an. Ich stellte mir vor, die beiden seien nur deswegen zusammen. Ein kurzer Druck auf meinen Schwanz, und ich hatte Flecken auf der Hose. Wochenlang hatte ich abends an die beiden gedacht.

Gleich, beim Wichsen, mußte ich meiner Frau nicht treu sein, ich konnte all diese Erinnerungen hervorkramen, ich konnte wieder mit Angelique schlafen, in einer Silvesternacht im Stehen auf dem Speicher.

Oder ich konnte auch daran denken, daß meine Frau eine Zeitlang keinen Slip anzog, wenn sie das blaue Kleid mit den weißen Punkten trug.

Ich hatte mittlerweile eine Erektion, die meine Shorts ausbeulte. Es war niemand auf der Straße, ich fühlte mich völlig frei, und ich war stolz auf diese Ausbuchtung. Ich bog in den Weg ein, der zu der Bucht führte, und zog mein T-Shirt schon mal aus. Es würde noch ungefähr eine Stunde dauern, bis die Sonne endgültig unterging, ich hatte alle Zeit der Welt. Ich zwang mich, wieder langsamer zu gehen, um die Vorfreude auszukosten.

Ich war in einer seltsamen Stimmung, selbst das Grün links und rechts, die Ginsterbüsche, der Kies unter meinen Schuhen, alles erregte mich. Ich vergaß die ganzen Bilder wieder. Das hier war ein Vorspiel, und ich konzentrierte mich nur noch darauf.

Es war, als wäre ich der Liebhaber der Natur, der ganzen Welt, als würde gleich das alles, was jetzt um mich herum war, mich in sich aufnehmen, sobald ich nackt war. Es würde etwas Größeres werden als jede einzelne Nummer, die ich je in meinem Leben gehabt hatte. Es würde ein einmaliges Ereignis werden. Ich würde im Augenblick des Orgasmus eins werden, eins werden mit dieser ganzen, verfickt schönen Landschaft.

Ich zog den Gummibund meiner Shorts runter bis zum Sack und sah auf meinen Schwanz. Es kam mir lächerlich und kleinlich vor, daß man seine Erfüllung immer mit einer Frau suchte. Natürlich, das machte einen großen Teil aus, aber es entging einem zuviel, wenn man sich so darauf versteifte.

Ich ließ das Gummi zurückflutschen. Das hier würde ich morgen abend Patrick erzählen. Vielleicht würde er lachen, aber wahrscheinlicher war, daß er dankbar sein würde für die Anregung. Meine Güte, da mußte ich erst sechsundzwanzig werden, um auf so eine Idee zu kommen. Ob sich die Frau, die ich letztes Mal hier gesehen hatte, auch an diesem Ort selbst befriedigte?

Ich stopfte mein T-Shirt in den Bund meiner Hose, um die Hände frei zum Klettern zu haben. Es waren jetzt nur noch zwei Felsbrocken zu überwinden.

Ich sah ihn zu spät, oder er mich zu früh. Auf jeden Fall bemerkte er mich, bevor ich ihn. Und als er hastig nach der Hose neben sich griff, verlor er das Gleichgewicht und fiel hin. Sein Ständer ragte in den Himmel.

Ich wünschte, er möge sich nicht verletzt haben, und machte kehrt. Vielleicht nächstes Jahr.

Sonntag

Es war Sonntag mittag, und ich fuhr mit meinem Fahrrad nach Hause. Es war kein Sonntag, wie wir ihn kennen. Ich fühlte mich gut und war voller Liebe, ich hätte alles sein können an diesem Tag. Es war mild, verglichen mit den letzten Wochen, ein Hauch von Frühling lag in der Luft. Noch einmal dieses Gefühl, es überstanden zu haben.

Ich fuhr an einer Bushaltestelle vorbei, die völlig demoliert war. Glasscherben auf dem Bürgersteig, tausend kleine Glasscherben, und ich dachte nicht an meine Reifen. Ich dachte: Wie kann man nur so drauf kommen? Ich sah rüber auf die andere Straßenseite, und die andere Bushaltestelle war genauso ein Bild der Verwüstung. Wie kann man auf so eine verschissene Idee kommen?

In Wirklichkeit habe ich eine ziemlich genaue Ahnung, wie man auf so eine Idee kommt. Es war Samstag nacht gewesen, ein paar Jungs, immer Jungs, und niemals weniger als zwei, die sich betrinken. Eine Samstagnacht, schon wieder, und du wirst aggressiv. Dein Leben kotzt dich an, du trinkst, damit der Spaß endlich kommt, du trinkst, damit du dich amüsierst, und dieses Mal trinkst du mehr als sonst, weil die letzten Wochenenden sich so geglichen haben, daß du sie gar nicht auseinanderhalten kannst. Keine einzige Frau lächelt zurück, du bist jung, du willst Abenteuer, und du willst die Welt in ihren Grundfesten erschüttern. Es reicht nicht, wenn du einfach nur Straßenlaternen austrittst, heute nacht soll es mal etwas Größeres sein, heute nacht willst du fühlen, wenn schon nichts anderes, dann wenigstens Macht. Und du kommst mit deinen Freunden an dieser Bushaltestelle vorbei. So kommt man auf so eine Idee.

Und am nächsten Morgen wachst du auf, mit einer verschwommenen Erinnerung und einem Glücksgefühl, daß endlich etwas passiert ist. Scheiße, Mann, wie wir diese Bushaltestelle auseinandergenommen haben, alles nur noch Schutt und Asche, war das geil. Wie diese riesigen Scheiben zerbrochen sind, klirr, und glitzernde, kleine Dinger ergossen sich auf die Straße, ein Bild für die Götter. Und dann dieses Geräusch, meine Fresse, wann haben wir so etwas Schönes zum letzten Mal gehört?

Scherben, Verwüstung und Verzweiflung, und die Verzweiflung anderer Leute macht mich immer trauriger als meine eigene, weil ich über die wenigstens lachen kann.

Abends saß ich dann in der Bahn und sah dieses Plakat der Verkehrsbetriebe. Bis zu 1000 DM Belohnung für Hinweise, die zur Ergreifung eines Vandalen führen. Leicht verdientes Geld.

Ich habe noch nen Fünfer
in der Tasche

Wenn einer anfängt zu schreiben, will er immer mit den Sätzen das Blau des Himmels runterholen. Er will den Kadaver unter den Rosen und im selben Absatz auch noch den Schatten des Pumas beim Sprung, und dann schon Liebe; wenn einer anfängt zu schreiben, will er alle Grenzen überschreiten und durch alle Tore, die zum Leben führen.

Die Maßlosigkeit zerreibt sich natürlich bald an den Mühen des Handwerks und an den Peinlichkeiten des Betriebs, in den zwangsläufig gerät, wer sein Talent zu Markte trägt.

So schrieb Jörg Fauser in der Baseler Zeitung vom 29.12.1979. Damals war ich acht Jahre alt und habe kaum einen Gedanken an eine Zukunft als Schriftsteller verschwendet.

Etwas mehr als ein Jahrzehnt später aber war ich das, was ich als freien Autor bezeichnen würde. Ich schrieb, wenn es mir paßte oder ich verzweifelt genug war, ich schrieb, wozu ich Lust hatte, nie redete mir jemand rein, ich konnte tun und lassen, was ich wollte. Ich verdiente mein Geld mit Jobs, die ich so gut machte, wie ich eben konnte, und es schien mir ein ehrliches Leben.

Mein ganzer Ehrgeiz bestand darin, veröffentlicht zu werden. Ich glaubte an mich, ich war mir zwar nicht sicher, ob ich Talent hatte, aber ich konnte etwas, und

81

von vielen Schreibern würde ich auch heute noch behaupten, daß sie nichts können. Oder vielleicht nur schludern, aber, wie gesagt, ich mache meinen Job, so gut, wie ich eben kann.

Ein paar Jahre später bin ich nun das, was die anderen einen freien Autor nennen. Seit fast genau einem Jahr bestreite ich meinen Lebensunterhalt ausschließlich durchs Schreiben, und es ist angenehm, sehr angenehm, aber Freiheit ist etwas anderes. Schreiben kann tatsächlich zu einer sehr hassenswerten Sache werden, wenn man sich dem Zwang aussetzt, mindestens alle zwei Monate einen Artikel an eine Zeitschrift zu verhökern, damit man die Miete zahlen kann, das Essen und Trinken, das Kino und den Deckel. Ich habe mir das so ausgesucht, und das hier soll keine Beschwerde sein, aber Freiheit ist etwas anderes, als sich von einem Redakteur dauernd Satzzeichen und Fremdworte in seinen Text einarbeiten zu lassen, die man im normalen Leben nie benutzen würde.

Wie kommt man von hier nach dahin oder umgekehrt?

Ich hatte das Glück, veröffentlicht zu werden, und zwar nicht bei einem Kleinstverlag, wo es meistens mehr um die Möglichkeit geht, das Buch zu verkaufen, als darum, es in Wirklichkeit zu tun. Bücher aus kleinen Verlagen werden gar nicht erst in Zeitungen besprochen oder nur in Ausnahmefällen, nur um mal kurz auf die eingangs erwähnten Peinlichkeiten des Betriebs einzugehen.

Mein Wunsch ging also in Erfüllung, manchmal denke ich, es war etwas zu früh, ich hätte zu Hause noch ein, zwei Jahre meinen Haß züchten können, aber ich hadere nicht mit meinem Schicksal.

Auf einmal hatte ich eine ganze Maschinerie im Rücken, auf einmal war ich nicht mehr allein mit dem, was ich geschrieben hatte. Es ist schön, wenn einem andere Menschen gewisse Sachen abnehmen, zumal wenn man keine Ahnung von diesen Sachen hat. Aber so geht auch eine gewisse Kontrolle verloren, und weil Menschen Fehler machen, sieht man sich auf einmal in der Situation, Fehler anderer Leute ausbaden zu müssen. Es gibt da wohl keinen anderen Weg, und es ist eine der Tücken, mit denen man leben muß.

Ich hatte also eine vertragliche Anerkennung dessen, woran ich sowieso glaubte: Mein Buch war gut genug, um gedruckt und einer breiteren Öffentlichkeit präsentiert zu werden als den dreißig, vierzig Leuten, denen ich das Manuskript zum Selbstkostenpreis verkauft hatte. Auch wenn Papier heutzutage leider viel zu billig ist und deshalb immer mehr Leute solche Verträge bekommen, aber egal. Da ging jemand dieses Risiko ein, an mich zu glauben und Geld zu investieren. Kein großes Risiko in meinen Augen, aber ich habe auch kein Geld.

Ich hatte lange genug Zeit, mich an den Gedanken zu gewöhnen, und es war letztendlich kein großes Ding ein gedrucktes Buch in der Hand zu halten. Der Brief, in dem stand, daß man Interesse an meinem Manuskript habe, hatte meine Laune wesentlich besser und länger beeinflußt.

Und dann war ich ein Autor. Leute, die mich immer ausgelacht hatten, waren ein wenig erstaunt, und ich wunderte mich über Erfolg und Lob und Kritik, über Speichellecker, Blasenredner und Journalisten, die im Grunde den gleichen Job machten wie ich, nämlich schreiben, nur viel schlechter und besser bezahlt. Das wollte ich auch. So ungefähr kam ich zum Journalismus und zu der Überzeugung, daß man eher für das bezahlt wird, was man läßt, als für das, was man tut. Aber das ist fast schon wieder eine andere Geschichte.

Nach der Liebe

In vierundzwanzig Stunden hätten wir in Las Vegas sein können, unsere Leben hätten anders sein können, unsere Träume wahr werden.

Doch dann bist du aufgestanden und hast angefangen, dich anzuziehen. Ich habe mir die Grübchen über deinem Po angesehen. Dein Strumpf sitzt schief, habe ich gesagt, und du hast ihn gerichtet. Dann hast du dich vor den Spiegel gesetzt und dir die Augen geschminkt. Ich bin aufgestanden und habe dich leicht auf den Nacken geküßt. Meine Haare haben noch naß an meinem Kopf geklebt. Ich habe mich vor das Fenster gestellt, draußen auf dem Platz haben die drei Schwestern gesessen, die sich gestern in der Apotheke auf die Waage gestellt hatten und die alle zweiundfünfzig Kilo gewogen haben. Wir haben gestern beide darüber geschmunzelt, dann hast du dir eine Creme gekauft, und wir haben uns an den Brunnen gesetzt. Wir haben Eis gegessen und dann Kaffee aus Pappbechern getrunken und Zigaretten geraucht. Ich wollte nie mehr aufstehen. Ich wollte für immer mit dir an diesem Brunnen sitzen und Kaffee trinken und rauchen.

Ich mag deine Augen, habe ich gesagt, ich wollte nicht sagen, daß sie schön sind, weil das irgendwie nicht richtig klang. Du hast weggeschaut, und ich habe gesehen, wie sich die Härchen auf deinen Unterarmen aufgestellt haben, ich habe meine Hand draufgelegt, du hast dich zu mir gedreht und hast gelächelt. Dann haben wir uns geküßt, ohne die Augen zu schließen, die Becher und Zigaretten noch in den Händen.

Wie grausam diese Leute aussehen, hast du später gesagt, ihre Lippen sind dünn, ihre Gesichter von Falten verzerrt, sie suchen anscheinend etwas, sie sind unruhig und rastlos. Vielleicht sind sie verrückt.

Ich habe auch zu den vier Männern gesehen, die an einem Tisch vor dem Café saßen. Ja, vielleicht waren sie verrückt.

Ich hätte mich gerne mit dir verlaufen. Wir wären stundenlang durch einen Wald geirrt und hätten uns im Schatten seltener Bäume ausgeruht. Dann habe ich auf einmal die Orte vor mir gesehen, zu denen wir fahren würden.

Die Städte sind genauso wie die Menschen, habe ich gesagt, sie bekommen Hunger und Durst, sie trauern, sie hassen, sie lieben, sie bauen Mauern um sich herum auf, sie verspüren Sehnsucht, Ärger, Freude, Angst und Müdigkeit. Wir werden uns eine suchen.

Deine Augen haben ja gesagt, und wir waren groß in diesem Moment, wir hätten alles sein können. Früher hatte ich gedacht, wenn ich nur besser lügen könnte, müßte ich es nicht so oft tun, aber jetzt brauchte ich es gar nicht mehr.

Dann haben wir uns noch gestritten über etwas sehr Unwichtiges. Alles hat Risse, damit das Licht reinscheinen kann, hast du gesagt. Wir haben uns angesehen und vergessen, worüber wir uns gestritten hatten. Dann haben wir unsere Zigaretten ausgedrückt, haben den Kaffee ausgetrunken und sind hochgegangen.

Und nun bist du weg. Wen die Götter bestrafen

wollen, dem geben sie entweder zuviel oder zuwenig. Ich friere in fremden Städten, und du wirst nicht vor dem Frühling zurück sein. Werden die Tage jemals enden, während wir noch lachen.

Ich gehe ins Badezimmer. Immer noch sehe ich im Spiegel so aus wie auf dem Papier, immer noch Liebe, immer noch Gedichte und Gewalt.

Gut gemeint

Es gibt solche Frauen. Sie haben verkniffene Münder, leblose, stumpfe Augen, schmale Lippen, sie haben Falten auf der Stirn und einen Blick, als wären sie nur sehr ungern auf der Welt. Es gibt solche Frauen, die aussehen, als hätten sie noch nie in ihrem Leben einen Orgasmus gehabt. Bei Männern ist das anders. Selbst bei schmierigen Bierbäuchen und bei pickligen, pubertierenden Stubenhockern und Sesselpupsern weiß man, daß sie regelmäßig onanieren. Sie sind auf eine andere Art und Weise häßlich.

Manche von diesen Frauen sehen dann auch noch aus wie Lesbierinnen, was mich immer besonders wundert. Es gibt sie, ich weiß nicht, wann ich sie zum ersten Mal bemerkt habe, aber ich hatte mich damit abgefunden.

Bis es so schlimm wurde. Es artete aus. Ich sah sie überall, jeden Tag, auf der Straße, im Kiosk, in der Straßenbahn, im Supermarkt, in der Kneipe, wo ich auch hinging, da war eine von diesen Frauen.

Wahrscheinlich wäre es mir nicht weiter aufgefallen, aber nach acht Wochen fing ich dann doch an, mir Gedanken zu machen. Ich wurde langsam paranoid. Es kam mir so vor, als steckte ein Plan hinter dieser Sache. Kein einziges Mal, wenn ich vor die Haustür trat, kam ich davon. Das konnte kein Zufall sein. Es gab im Grunde auch nicht so schrecklich viele Frauen, die so aussahen.

Ich malte mir allerhand Möglichkeiten aus, ich dachte, es läge vielleicht an mir, vielleicht sollte ich meinen Drogenkonsum etwas einschränken, vielleicht sollte ich auch einfach etwas wohlwollender durch die Welt gehen.

Aber nein, es lag nicht an mir, langsam fiel es auch meinen Freunden auf.

– Jedesmal, wenn wir mit dir weggehen, ist da so ein abscheuliches Exemplar von Frau. Ist das dein neuer Fanclub, oder was?

Das beschäftigte mich. Ich wußte nicht, was ich tun sollte, ich träumte nachts von diesen Frauen, Alpträume, ich traute mich fast gar nicht mehr raus auf die Straße. In manchen Momenten konnte ich zwar drüber lachen, weil es mir ja so viel besser ging, aber ich fragte mich, wohin das alles führen sollte. Womöglich war das ein Fingerzeig von irgendwoher, und ich sollte mich mal näher mit diesen Frauen beschäftigen. Wer waren sie, was taten sie, warum waren sie so geworden?

Ich fand keinen geeigneten Vorwand, um eine von ihnen anzusprechen, auch befürchtete ich diese bösen Blicke und schlechten Schwingungen. Also verfiel ich darauf, diese Frauen zu verfolgen, weil ich dachte, auf diese Weise ließe sich etwas herausfinden.

Und so war es denn auch. All diese Wesen gingen in ein Mietshaus in einem heruntergekommenen Viertel der Stadt, sie gingen da rein und kamen nach kurzer Zeit wieder raus. Das war die einzige Gemeinsamkeit, die ich festellen konnte, abgesehen von ihrem Aussehen natürlich. Ansonsten schienen sie ein ganz normales Leben zu führen. Es waren zwar zu viele, als daß ich hätte über jede einzelne großartig was in Erfahrung bringen können, aber in dieses Haus gingen sie alle, und ich fand auch heraus, wo sie klingelten.

Dort klingelte dann auch ich, bei Almeiti, es mußte

ja etwas herauszukriegen sein, ich wußte nicht genau was, aber das würde sich zeigen. Ich hatte auch schon so eine Art Plan.

– Guten Tag, entschuldigen Sie die Störung. Hätten Sie vielleicht ein paar Minuten Zeit? Ich komme vom numismatischen Intstitut für Demographie und Rubrifizierung, und wir machen gerade eine Umfrage zum Thema Haustiere in Wohngebieten.

Ich wunderte mich über die seltsame Erscheinung mit nacktem Oberkörper, die mir die Tür geöffnet hatte. Es war ein kleiner hutzeliger Mann in kurzen Hosen, der mir kaum bis zum Gürtel reichte. Er hatte einen grauen Rauschebart, eine Glatze und pechschwarze Augenbrauen. Er schien sehr alt zu sein, auch wenn er sich äußert aufrecht hielt und eindeutig bei Kräften war.

– Jaja, sagte er, komm nur gerade rein.

Durch den Flur gelangten wir in ein Zimmer, in dem ein unglaubliches Chaos herrschte, überall lagen Taschenrechner, Lexika, kleine Voodoopüppchen, bekritzelte Blätter, Unmengen von Zahnbürsten und noch mehr Damenslips in den verschiedensten Preislagen, Größen, Farben und Modellen.

Ich stand da, während der Mann etwas zu suchen schien, und nach drei, vier Minuten, in denen er wahllos in irgendwelchen Haufen wühlte, glaubte ich schon, er habe mich vergessen. Schließlich seufzte er, nahm sich die Brille von der Stirn und setzte sie auf.

- So, mein Sohn, sagte er, weshalb warst du noch mal hier?

– Eine Umfrage zum Thema Haustiere.

Langsam fragte ich mich, ob der Typ ganz richtig war im Kopf.

– Hmm, ja, mal sehen, was haben wir denn da … Papageien, Hunde, Katzen, Mäuse, Hamster, Sittiche, Kaninchen, Ameisenschlüpfer, Dromedare … Ach, ich werde langsam ganz vergeßlich. Willst du jetzt etwa ein Buch über Haustiere schreiben?

Ich wurde immer verwirrter. Ich fühlte mich auf eine Art und Weise unbehaglich, wie man es aus Träumen kennt. Was sollte ich tun? Sollte ich ihn geradeheraus fragen, was mich interessierte? Nein, das ging nicht. Ich beantwortet ihm zunächst stockend seine Frage.

– Nein, zur Zeit nicht, äh, über Haustiere.

Und woher wußte er, daß ich Bücher schrieb?

– Weißt du denn gar nicht, wer ich bin? fragte der Mann.

– Äh, nur so ungefähr.

Der Mann kletterte auf einen Tisch, und nun befanden sich unsere Augen auf gleicher Höhe.

– Ich bin Gott, sagte er, und ich konnte sehen, daß er keine Unterhosen trug.

– Okay, alles klar. Gott, äh, Herr Almeiti, sagte ich und nahm all meinen Mut zusammen, was haben all diese Frauen in meinem Leben zu suchen, die aussehen, als hätten sie noch nie einen Orgasmus gehabt?

– Die bezahle ich dafür, daß sie dir über den Weg laufen. Dreißig Mark pro Erscheinung.

– Aber warum?

– Ich habe dein erstes Buch gelesen, es hat mir sehr gefallen.

– Und was hat das mit den Frauen zu tun?

– Ich wollte dir die Augen für die schönen Dinge im Leben öffnen.

– Und warum zeigen Sie mir dann häßliche Frauen?

– Wenn ich dir etwas Schönes zeigte, ginge es nur unter, zwischen all den anderen Sachen. Deshalb zeige ich dir soviel Häßliches, damit du ganz von selbst beginnst, die schönen Dinge zu suchen.

– Und was genau hat das mit meinen Büchern zu tun?

– Nun, das ist die Belohnung dafür, daß sie so gut sind.

– Die häßlichen Frauen sind eine Belohnung?

– Nein, die schönen Dinge, aber das habe ich dir gerade erklärt.

Gott hatte eine seltsame Art, einen zu belohnen.

– Und was machen die ganzen Zahnbürsten hier? fragte ich, da ich schon mal da war.

Gott wurde sehr verlegen, dann sagte er ein paar Sachen, die ich hier nicht wiedergeben möchte, dann verpaßte er mir einen Tritt in den Hintern und schloß die Tür hinter mir. Ich hätte nur zu gerne gewußt, was es mit diesen Slips auf sich hatte, den Dingern in Frottee, Seide, Baumwolle, mit Spitze, Höschen, die im Schritt offen waren, rote, lilafarbene, schwarze, beige, Berge und Hügel von Damenunterhosen, was stellte Gott damit an?

Er ließ mich nicht mehr rein, er ging sogar soweit, mir ins Gesicht zu spucken. Naja, wenigstens hatte er es gut mit mir gemeint.

Dahinter

Ich war noch nie hier, aber alles wirkt vertraut, es ist, als müßte ich das schon mal erlebt haben. Es ist, wie nach Hause kommen. Ein fremder Ort, der sich anfühlt wie ein Heim.

Da sind bunte Wesen, die aussehen wie Würmer, sie spielen miteinander. Ich beobachte sie, ich weiß, sie sind weise, sie wissen auf alle meine Fragen eine Antwort, aber ich bin glücklich, ich habe keine Fragen, ich habe begriffen, wie sinnlos es ist, sie zu stellen, da alle Antworten offen vor einem liegen. Alles ist gut so, wie es ist, ich erkenne den wahren Sinn in allem, und alles strahlt in reiner Klarheit, ich bin in einem Zustand erhabener Gleichgültigkeit, ich habe die Welt hinter mir gelassen, ich schaue diesen Wesen zu und verspüre eine leise Sehnsucht, so sein zu wollen wie sie. Manchmal unterbricht eins von ihnen sein Spiel und schaut mich kurz an, manchmal lacht es mich aus, ich spüre, daß ich ihm im Grunde egal bin, ich bin nur ein Besucher, nur für kurze Zeit hier, sie werden bis in alle Ewigkeit so weitermachen, wenn ich weg bin.

Ich brauche nicht mehr in Worten zu denken, ich denke in Flüssen und Landschaften, in Fischen und Mustern, es ist eine Befriedigung und Erleichterung, die Worte endlich zu verlassen.

Mit wahnsinniger Geschwindigkeit rase ich durch einen endlosen, dunklen Raum, in dem bunte Lichter explodieren. Ich sehe mich mit einem dicken Bauch, und ich lache, weil ich von dem Wahn abgefallen bin, schlank sein zu müssen. Ich finde mich schön mit diesem Bauch, und dann lache ich wieder, weil ich hier immer schön sein kann.

Als nächstes sehe ich die Burg auf dem Hügel in Marmaris, wo damals kaum Touristen waren, sondern nur einheimische Verliebte, und ich – allein, fast tot vor Langeweile – konnte die Aussicht nicht genießen, weil ich dauernd jemand zu stören schien.

Ich bin auf gleicher Höhe mit der Burg, sie verwandelt sich in eine nackte Frau, die auf allen vieren ist, sie ist kräftig, aber doch irgendwie zart, ohne jegliche sexuelle Ausstrahlung. Klar, denke ich, natürlich ist die Burg eine Frau, was sollte sie sonst sein.

Dann höre ich die Stimmen, in denen ich zu mir spreche, die ernste, die heitere, die ermahnende, die traurige, die verzweifelte, die verliebte, die geldgeile, die lügende, die ehrliche, die leidenschaftliche, ich höre sie alle auf einmal, und sie klingen so verschieden, daß ich bezweifle, daß sie alle mir gehören, es sind Tausende.

Ich bin auf eine eitle Weise stolz, daß mich das nicht erschreckt, daß ich keine Angst habe. Dann stehe ich auf und stelle mich vor den Spiegel. Ich sehe mir in die Augen, mein Gesicht verschwindet, es sind nur noch meine Augen da, und ich habe das Gefühl, ich könnte reinfallen, es sind große, dunkle Seen.

Es ist wie vor einem Orgasmus, mein ganzer Körper spannt sich, ich versuche mich fallenzulassen, ich warte darauf, daß auch meine Augen im Spiegel verschwinden, daß ich aufhöre zu existieren, ich weiß, es ist die Erlösung, ich stehe kurz vor dem Sprung, aber es ist unmöglich, die Energie entlädt sich nicht. Ich starre tiefer in die Seen, ich muß es schaffen, dann bin ich für immer zu Hause.

Kosmisches Gelächter

Es klopfte an der Tür, und noch bevor ich Herein rufen konnte, ging sie auch schon auf. Ich nahm die Füße vom Schreibtisch und schlüpfte in meine Schuhe. Der Mann, der reinkam, war etwa Mitte Vierzig. Er sah sehr gepflegt aus, trug einen teuren Anzug, goldene Krawattennadel, Bierbauch, hatte graue Schläfen und eine Stirnglatze.

Ich stand auf und ging ihm ein paar Schritte entgegen. Wir schüttelten uns die Hände.

– Hendricks, sagte er.

– Reiser, sagte ich und setzte mich, nachdem ich mit der Hand auf den Stuhl vor meinem Schreibtisch gedeutet hatte. Er zögerte ein wenig und setzte sich dann auch.

Irgend etwas an seinem Gesicht paßte nicht zu dem Rest, es fehlte die arrogante Zurückhaltung, die man bei jemandem, der so teuer gekleidet ist, erwarten würde. Er lächelte mich an und zwinkerte mir zu, als hätten wir ein gemeinsames Geheimnis.

– Schönes Wetter heute, sagte er und deutete mit dem Kinn zum Fenster. Er sprach mit einem leicht kölschen Einschlag, obwohl er selbst es eindeutig für Hochdeutsch hielt. Jetzt wußte ich auch, was mich gerade irritiert hatte. Dieser Mann war nicht immer reich gewesen, falls er es denn überhaupt war. Hier saß ein kleiner Mann, ein waschechter Rheinländer, für den war Zurückhaltung ein Fremdwort, hier saß jemand mit dieser typischen falschen Fröhlichkeit, diesem lockeren Getue, für das diese Region so berühmt ist.

– Lassen Sie mich raten, fing ich an, als er nicht weitersprach. Man hat mich Ihnen empfohlen.

– Ja, antwortete er, aber der Peter hat kein Wort davon gesagt, wie attraktiv Sie sind.

Ich überging die Bemerkung und fuhr mit einem Blick auf seinen Ehering fort:

– Sie glauben, Ihre Frau betrügt Sie, und nun wollen Sie Gewißheit.

Er nickte, fröhlich wie ein Kind, dem man etwas zu spielen gibt.

– Aber, woher …

Ich machte eine wegwerfende Handbewegung. Ich hatte diesen Job so satt, diese zerrütteten Ehen, die Beschattungen, ich hatte es satt, und ich mochte diesen Mann nicht besonders. Aber ich war nicht in der Lage, mir meine Auftraggeber auszusuchen, selbst wenn dieser hier mir zu sehr in den Ausschnitt starrte.

– Ich werde Ihre Frau beobachten und Sie dann informieren. Mein Tagessatz beläuft sich im Moment auf …

– Geld spielt keine Rolle, junge Frau. Dat können wir ja dann bei einem Geschäftsessen besprechen. Wenn das alles vorbei ist.

– Ich pflege nicht mit meinen Klienten essen zu gehen, Herr Hendricks. Sie bekommen das, wofür Sie bezahlen. Gewißheit.

– Das mag ich, Frau Reiser, das is doch wat. Ne harte Geschäftsfrau, Hut ab. Ich mag ja Frauen, die wissen, wo et langgeht. Und dann auch noch su ne hübsche.

– Das sagten Sie bereits.

– Bei Ihrer Schönheit kann man das nicht oft genug sagen, Frau Reiser, glauben Sie mir. Vielleicht überlegen Sie es sich noch …

Es nervte.

– Geschäft ist Geschäft, setzte er noch mal an, ävver de Minsch muß do uch fiere.

Er lachte, als habe er einen guten Witz gemacht, und sein Bauch wackelte.

Wir klärten ein paar Kleinigkeiten, und ich trug ihm auf, in einer Woche wieder hier zu sein. Als ich aufstand, machte er mir ein Kompliment über meine Figur, was nicht weiter schlimm gewesen wäre, aber er hatte diese Art, einen mit den Augen auszuziehen, und er schien sich seiner Sache sicher zu sein. Er hielt sich eindeutig für charmant.

Sie saßen am Frühstückstisch, er las die Zeitung, sie schmierte ihm Brötchen und goß ihm Kaffee nach. Irgendwann nahm er die Zeitung runter, Express, na klar, gab seiner Frau, die aufstand, einen Klaps auf den Po, nahm seine Tasche und machte sich auf den Weg zur Arbeit.

Seine Frau ging ins Bad, als er aus dem Haus war, schminkte sich und setzte sich dann mit einer Packung Merci Vielfalt vor den Fernseher. Ich schätzte sie auf Mitte Dreißig, ihr Po entsprach nicht dem Modelformat, aber ich hätte sie nicht übergewichtig genannt. Sie war mir sympathisch, auf den ersten Blick durchs Fernrohr, es tat mir fast schon leid, daß sie mit so einem Mann verheiratet war.

Bis kurz vor elf passierte nichts. Dann ging sie hoch ins Schlafzimmer und zog sich schwarze halterlose Netzstrümpfe, einen knappen schwarzen Slip und einen dazu passenden BH an. Sie drehte sich ein paarmal vor dem Spiegel, warf dann einen Morgenrock über und ging wieder runter. Herr Hendricks schien richtigzuliegen mit seiner Vermutung.

Die nächste Stunde verging völlig ereignislos, Frau Hendricks rauchte, sah fern und schien sich zu langweilen. Ich saß da und hörte Rory Block. Ich haßte diesen Job, ehrlich. Vor einigen Jahren hatte ich noch Selbstverteidigungskurse für Frauen gegeben und mir nicht träumen lassen, daß ich mal als private Ermittlerin enden würde. Und in Marienburg in meinem VW-Bus sitzen, Blues hören und mich genauso langweilen wie Frau Hendricks, die wenigstens reich war.

Gegen eins kam ein junger Mann, sie führte ihn direkt ins Schlafzimmer. Das war einfach gewesen, ich fragte mich, ob es an der Konsumgeilheit der Leute lag, daß sie mich für etwas bezahlten, das sie ebenso gut hätten selbst erledigen können.

Er war etwa fünfundzwanzig Jahre alt, südländischer Typ, hatte eine sportliche Figur und einen Pferdeschwanz. Ich fand ihn nicht wirklich attraktiv, aber verglichen mit Herrn Hendricks war er natürlich ein Prachtstück. Ich konnte die Frau gut verstehen.

Ich brachte meine Kamera in Position und fing an, Bilder zu machen. Ich fotografierte die beiden in verschiedenen Stellungen, und als ich merkte, daß es länger dauern würde, schlich ich mich mit dem Apparat in den Garten des Hauses für ein paar detailliertere Aufnahmen. Das würde Herrn Hendricks bestimmt gefallen. Ein schlanker junger Mann, ich mußte ihn am besten gleich noch in dieser zerrissenen Wildlederjacke fotografieren. Ja, es war Schadenfreude, was ich verspürte, obwohl ich mir nicht sicher war, ob es diesen Bierbauch treffen würde oder ob es hier im Grunde um etwas anderes ging. Nämlich einen Krieg, in dem die Ehe alle Grenzen aufgehoben hat.

– Ich hoffe, Sie haben sich das mit dem Essen noch mal überlegt, Frau Reiser, waren seine ersten Worte.

Ich stieß mich vom Schreibtisch ab und rollte rückwärts, wobei ich die Beine übereinanderschlug. Ich lächelte ihn an, während er meine Waden betrachtete.

– Sie sind schon n lecker Mädsche, lachte er, wenn ich dat jetzt mal su saachen darf, wie man dat he tut.

Ich lächelte ihn weiter an.

– Wollen Sie jetzt wissen, ob Ihre Frau fremdgeht, oder nicht, Herr Hendricks?

Einen Augenblick lang war er irritiert, dann sah er auf, und unsere Blicke trafen sich.

– Wie ist et denn nun, Frau Reiser?

Ich verachtete ihn, sein Lachen, seine Selbstgefälligkeit, seine ganze Art.

– Das erzähl ich Ihnen dann beim Essen, hauchte ich, stand auf und klimperte mit den Wimpern.

Ihm lief fast der Geifer aus dem Maul. Ich wußte genau, was er erzählt hätte. Das, was fast alle Männer erzählen. Es war eine unumstößliche Tatsache, daß es etwas anderes war, wenn Männer fremdgingen. Das war nämlich völlig ohne Bedeutung.

Ich ging auf ihn zu, stolperte und fiel ihm in die Arme. Er hielt mich fest.

– Oh, Entschuldigung, murmelte ich in sein Ohr.

– Dat mäht doch nix, sagte er in diesem jovialen Ton.

Ich fuhr mit meiner Hand an seinem ekligen Bauch entlang bis zwischen seine Beine.

– Frau Reiser …

– Antoinette, sagte ich und sank auf die Knie, um ihm die Hose zu öffnen. Ich zog sie runter, klar, Calvin-Klein-Unterhosen, da kannten diese Typen nichts, Fett hin, Fett her. Er schien noch keine Erektion zu haben, doch ich zog ihm auch die Unterhose auf die Knöchel, während er leise meinen Namen stöhnte. Und da richtete sich sein Schwanz auch langsam auf.

– Oh, was haben wir denn da? Eine Verdickung. Dagegen weiß ich ein gutes altes Rezept, sagte ich und leckte mir über die Lippen. Ich beugte mich vor und ließ ihn ganz langsam in meinen Mund gleiten. Dann saugte ich probehalber ein wenig dran.

– Uuoaaaaah …

Ich stand auf und wischte mir das Blut vom Mund.

Nazan

Es war ganz einfach, eine Zeitlang kamen Freunde mich besuchen, versuchten mich zu verstehen, es machte keinen Unterschied, eine Zeitlang lag ich auf meinem Bett, las Krimis und sah fern, ich rief sogar meine Mutter an. Es war ganz einfach, ich hatte immer gedacht, die Stadt würde einstürzen und mich unter ihren Trümmern begraben, ich hatte mir das Schlimmste ausgemalt, aber es war wie ein plötzlicher Tod. Es ist vorbei, das ist alles, du auf Feten, ich hier. Wochen später ging ich wieder auf die Straße, es war ganz leicht, es ist vorbei, mehr gibt es nicht zu sagen. Ich habe alles längst vergessen, längst vergessen.

Kirschblüten

In einer Kiste, die der Vormieter im Keller meiner Tante vergessen hatte, fand ich unter anderem auch ein 600 Seiten dickes, in grünes Leder eingebundenes Buch. *Kirschblüten* von einem gewissen Samuel O'Cole. Ich habe es in den zwölf, dreizehn Jahren, die ich es nun besitze, bestimmt schon fünfmal gelesen.

Vielleicht findet man irgendwann einmal etwas in einem Buch, etwas, das einem wertvoll erscheint, und von da an sucht man genau das in allen anderen Büchern. Man findet ein Stück seiner eigenen Welt, und dazu noch etwas Neues, Fremdes, Faszinierendes.

Kirschblüten spielt im Japan des zwölften Jahrhunderts, der Minamoto-Klan und der Klan der Taira kämpfen um die Macht. Die Taira gewinnen und stecken Osogi Zenelmda, den dreijährigen Sohn des Oberhauptes der Minamoto, in ein Kloster. Sein Vater wird enthauptet, seine acht älteren Brüder in die Verbannung geschickt.

Osogi wächst heran, entflieht dem Kloster, verbündet sich mit seinem ältesten Bruder Yorimoto und kämpft und gewinnt gegen die Taira. Nach dem Sieg hat Yorimoto Angst, Osogi könne aufbegehren und die Herrschaft für sich beanspruchen. Er schickt seine Häscher, ihn zu töten. Osogi flieht zunächst und schreibt Bittbriefe, die nicht beantwortet werden. Schließlich stellt er sich mit seinen wenigen Gefolgsleuten dem aussichtslosen Kampf.

Als ich noch jünger war, hat mich dieses Buch immer weit fortgetragen, nach Japan, zu den Samurai. Ich habe mir eine geheimnisvolle Welt ausgemalt, sie existierte irgendwo in meinem Kopf, und sie war besser, schöner und romantischer als diese hier. Oft glaube ich, daß meine Phantasie damals reicher war.

Osogi war mein Held. Als er noch jung war, floh er öfter aus dem Kloster zu einem Einsiedler in den Bergen, der ihn in den Kampfkünsten unterrichtete. An einer Stelle mußte Osogi einen ganzen Tag nackt im Schnee mit dem Schwert trainieren. Der Eremit brachte ihm bei, ohne Haß, ohne Angst und ohne einen Gedanken an Sieg oder Niederlage zu kämpfen.

Osogi war der Stärkste, er hätte gegen Bruce Lee gewonnen, gegen Sandokan, gegen Superman, gegen Conan und auch gegen Herkules, von dem mein asthmatischer Lateinlehrer immer schwärmte.

Und ihm wurde Unrecht getan, von seinem eigenen Bruder. Manchmal wünschte ich, mir würde auch ein Unrecht geschehen, nur damit ich so ein Held sein konnte.

Dann wurde ich älter und begriff vieles von dem, was der Einsiedler versuchte Osogi beizubringen, besser: Das Dasein ist unbeständig und nicht glückverheißend. Das hätte ich sofort unterschrieben. Ich verstand auch, warum sich Osogi in dieses Bauernmädchen verliebte und einige Sommernächte mit ihr in einer Höhle verbrachte.

Und noch einige Jahre später fand ich in dem Buch noch mehr, was ich in anderen Büchern völlig vergeblich suchte. Hier wurde nicht gefaselt, da war ein einfacher und klarer Stil, völlig rein. Hier versuchte niemand, sich groß hervorzutun und imposante Wörtergebäude zu erschaffen, in denen er stolz umherging. Mich beschlich nicht das Gefühl, das alles habe nichts mit mir zu tun. Diese Menschen waren mir irgendwie nah, sie waren lebendig. Es schien mir auch nicht so, als wolle O'Cole mich belehren, mir weismachen, daß er etwas besser wußte.

Ich fand etwas in Osogi, das ich für richtig hielt, was mir aber sonst niemand erzählt hatte. Daß man die Kraft haben muß, die Welt gering zu achten, daß es nicht um Erfolg oder Mißerfolg geht, nicht ums Scheitern, sondern einzig und allein darum, einen Glauben zu besitzen, einen festen Glauben, und keine Kompromisse zu machen.

Osogi kämpft mit seinem Bruder gegen die Übermacht der Taira, obwohl es gerade mal den Hauch einer Chance gibt. Er schert sich einen Dreck darum, was realistisch und unrealistisch ist, und während Yorimoto sich verschanzt hält, führt er die Armeen der Minamoto. Später kämpft er gegen die Männer seines Bruders, obwohl er genau weiß, daß er verlieren muß, aber darum geht es nicht. Es geht nicht ums Leben. Wenn alles, was möglich ist, wertlos erscheint, muß man aufstehen und das Unmögliche versuchen.

Es geht darum, aufrecht und festen Blickes dazustehen, sich nicht von den Hindernissen und Bequemlichkeiten, die die Welt für einen bereithält, ablenken zu lassen, es geht darum, etwas zu versuchen, einfach nur weil man daran glaubt, einen Geist zu besitzen, unabhängig und frei.

Ich habe das Buch schon länger nicht mehr gelesen, doch im Frühling, wenn ich die Kirschblüten sehe, so rein und strahlend, fällt es mir immer wieder ein.

Oder wenn ich dastehe und wieder das Gefühl habe, meine Seele zu verkaufen für einen Job, für ein wenig Geld, für einen Streit weniger, für eine geile Nacht, um einem Anschiß zu entkommen, um es mir nicht endgültig zu verscherzen.

Es ist ganz gut, wenn man etwas hat, das einen daran erinnert, was man für wichtig hält.

Superhelden

Wissen ist Macht, heißt es, aber ich glaube nicht, daß das heute noch stimmt. Wissen ist beliebig abrufbar. Macht ist Macht, und Geld ist auch Macht, obwohl da wahrscheinlich der Lottogewinner aus ärmlichen Verhältnissen auch etwas anderes erzählen kann. Und es gibt noch etwas, das Macht ist.

– Wenn ich einen Gehirntumor hätte und dann sterben müßte, sagte mein Freund Bernd, dann will ich einen spektakulären Tod, ich will mit wehenden Fahnen untergehen.

In der nächsten Viertelstunde, die wir miteinander telefonierten, entwickelte er mit Begeisterung eine Vision. Gerade hatten wir uns noch darüber unterhalten, was für ein korrupter Scheißort diese Welt ist, und wir waren uns einig, daß wir uns keine Illusionen darüber zu machen brauchten, wo wir in zehn Jahren sein würden.

Nun gut, auf jeden Fall spielt das Folgende in Frankfurt am Main. Der gesamte Vorstand der Deutschen Bank tagt in einem Hochhaus, unten kommt dieser Panzer vorgefahren, walzt den Eingang platt und bleibt vor den Aufzügen stehen. Bernd steigt aus, bewaffnet bis an die Zähne, Gehirntumor im Hinterkopf, der ihm Schmerzen bereitet und noch zwei Wochen zu leben gibt. Er drückt den richtigen Knopf, steigt oben aus und ballert einfach drauflos. Womöglich sind da Wachleute, und er wird angeschossen, aber das ist nichts gegen diesen Tumor, der auf sein Hirn drückt. Er nietet das Schutzpersonal um. Dann reißt er diese Doppeltür auf und platzt in die Besprechung. Noch bevor jemand richtig begreift, was geschieht, hat Bernd schon drei Magazine leergeschossen. Überall Blut, Eingeweide hängen heraus, Stückchen von Hirnmasse kleben an der Wand, einem Mann hat es das obere Drittel seines Schädels weggerissen, ein Arm fliegt durch die Luft, man hört unmenschlich klingende Schreie.

Bernd fährt wieder runter, draußen stehen natürlich schon die Bullen und die Reporter mit ihren Kameras bereit. Er hält ohne Vorwarnung auf die Reporter drauf, die Polizei gibt Befehl zu schießen, doch zehn Berichterstatter müssen dran glauben, bevor Bernd durchlöchert wie ein Sieb darniedersinkt, nicht ohne noch vorher ein paar Handgranaten entsichert zu haben.

– Und du schreibst dann meinen Nachruf, sagt er, du mußt den Leuten erzählen, daß ich kein Psychopath war, daß ich ganz klar im Kopf war, die dürfen nicht glauben, daß das die Tat von 'nem Irren gewesen ist.

– Ja, sage ich, ich schreibe dir einen Nachruf, obwohl ich weiß, daß keine Zeitung so etwas drucken würde.

– Die werden mein Leben verfilmen, die werden sich was zusammenschustern, wie das zustande kam, der frühe Tod der Mutter, Verlust der Familie, die Demütigung durch Schulden, diese kleine Bude, in der ich wohne.

– Ja, lache ich, und die Stunden, die wir zusammen vor dem Videorecorder oder in der Spielhalle verbracht haben, handeln sie in zwei Minuten ab.

– Uuooah, wäre das cool, sagt er, es ihnen einmal richtig zeigen.

Wir gehen jetzt beide auf die Dreißig zu, wir lesen immer noch Superheldencomics und träumen unsere Superheldenträume. Wir können beide manchmal die ganze Nacht nicht schlafen, weil wir es bereuen, mal wieder nicht zugeschlagen zu haben, obwohl der Typ es nun wirklich nicht besser verdient hatte. Alle paar Monate leihen wir uns Scarface aus der Videothek, und in ein paar Jahren dürften wir erwachsen sein, aber das wird wohl nicht viel ändern. Uns werden Jobs durch die Lappen gehen, weil wir das mit dem Buckeln und Treten immer noch nicht drauf haben, weil man mit ehrlicher, aufrichtiger Arbeit nicht ein Fitzelchen Macht erhält und weil wir sowieso nicht scharf drauf sind. Was soll man schon mit Macht, wenn man nicht vorhat, sie zu mißbrauchen.

In unseren Träumen werden wir weiterhin erbarmungslos sein, groß und unbesiegbar, aber das sind wir im Grunde jetzt schon.

Manchmal habe ich Angst vor der Zukunft, und dann sage ich mir: Ich will alt und kalt und einsam werden, solange ihr nicht gewinnt. Ihr werdet nicht gewinnen.

Achtzehn

Als ich fünfundzwanzig war, fuhr ich eines Samstagnachts mit einem Freund völlig sinnlos kreuz und quer durch die Stadt. Wir hatten die Nase voll von diesem ganzen Ausgehscheiß. Ich trank Fosters aus der Dose, und er genehmigte sich nur ab und zu einen Schluck, weil er fahren mußte. Wir redeten ziemlich viel, und irgendwann erzählte ich ihm, wie ich damals meinen achtzehnten Geburtstag verbracht hatte.

Mein Geburtstag fiel 1989 auf einen Sonntag, und ich stand Samstagsabend vor der Disco, in die wir zu jener Zeit immer gingen. Ich hatte vorher eine Flasche Apfelkorn am Kiosk gekauft und wartete zusammen mit meiner Freundin auf meinen damals einzigen Freund Steffen. Katja mochte keinen Apfelkorn, und Steffen kam wie immer viel zu spät. Als etwa noch ein Viertel in der Flasche war.

Ich war seit etwa einem halbem Jahr mit Katja zusammen, sie ist die erste Frau, mit der ich geschlafen habe, und ich war verrückt nach Sex, ich konnte einfach nicht genug kriegen. Vielleicht ist man in dem Alter so, vielleicht wäre es aber ganz anders gewesen, wenn ich bereits mit fünfzehn meine Jungfräulichkeit verloren hätte.

Ich war also bereits betrunken, als Steffen endlich mit ein paar anderen kam. Es war Januar, es muß eigentlich ziemlich kalt gewesen sein, aber ich kann mich nicht mehr genau daran erinnern. Wir werden wohl dagestanden haben, von einem Bein aufs andere tretend, als dieser dicke Joint die Runde machte und ich so tief zog, wie meine Lunge es zuließ. Ich wurde volljährig, mir war alles egal, ich wollte einen Exzess. Das letzte Viertel der Flasche schaffte ich auch noch alleine. Die Autos schienen auf einmal Augen statt Scheinwerfer zu haben, doch sie schauten mich sehr freundlich an, ich hatte in zwei Stunden Geburtstag.

Ich erinnere mich noch, daß wir eine Weile draußen auf Steffens Freundin warteten, doch sie kam nicht. Wir gingen in diese Disco, und um zwölf Uhr fiel meine Freundin mir um den Hals und knutschte mich ab. So muß es gewesen sein, vielleicht gab es auch noch Sekt, ich weiß es nicht. Mir war schlecht, und ich war müde.

Mir war nicht so schlecht, daß ich dachte, ich könne nicht eine große Fritten mit Mayo vertragen. Ich war einfach völlig zugedröhnt, es bereitete mir Schwierigkeiten, meinen Kopf oben zu halten. Ich brauchte vielleicht nur etwas Energie.

Katja stützte mich ein wenig auf dem Weg zum Imbiß, sie übernahm auch das Bestellen. Ich aß dann in einem Hauseingang sitzend, die Nase fast in der Mayonnaise.

– Hallo, ihr beiden.

Ich hob mit einiger Mühe den Kopf und versuchte das Bild scharf zu stellen. Vera, Steffens Freundin.

– Oh, der hat's aber auch schon hinter sich heute.

Ich hätte gerne so etwas gesagt wie: Alles okay, kein Problem, aber mein Kopf sackte wieder runter. Scheiße, ich hatte Geburtstag, aber ich kriegte nichts mehr mit.

Etwas später saß ich mit meiner Freundin in der Bahn. Sie war nüchtern, sie hätte noch viel Spaß haben können, und ich weiß ehrlich gesagt nicht mehr, ob ich sie darum gebeten hatte oder ob sie mich von sich aus begleitete.

Ich schlief ein. Das nächste, was ich weiß, ist, daß ich die Augen aufschlug, und es war hell, das grelle Licht von Neonröhren. Ich richtete mich auf. Ich hatte auf dieser Bank gelegen, auf dem Schoß meiner Freundin. Wir waren in der U-Bahn. Die Station, wo wir umsteigen mußten. Hier trennten wir uns immer, ich durfte nicht bei ihr übernachten und sie nicht bei mir.

Ich sah sie an, es ging mir viel besser, obwohl ich kaum eine Viertelstunde geschlafen haben konnte.

– Wann kommt die Bahn?

– In fünfundzwanzig Minuten.

– Bist du böse auf mich?

Sie küßte mich auf den Mund.

– Laß uns ein wenig rumgehen.

Ich war nicht mehr müde, und ich hatte keine Probleme mehr, das Bild scharf zu stellen, aber ich war immer noch besoffen und breit.

Wir standen auf, und ich zog sie in eine dunkle Ecke. Küssen. Als ich ihr nach zwei Minuten unter den Pulli wollte, schob sie meine Hand weg.

– Da kommen lauter Leute vorbei.

– Ach, das sieht doch keiner.

Ich spürte, daß sie im Grunde auch Lust hatte, aber Hemmungen davor, beobachtet zu werden. Ich hatte keinerlei Hemmungen mehr. Zuerst versuchte ich es mit überreden, aber es klappte nicht. Dann machten wir uns auf die Suche nach einer noch abgelegeneren Ecke. Es stand ein Paßbildautomat in der U-Bahn, den ich für geeignet hielt. Ich pries Katja die Vorzüge, aber es war ihr zu hell, und außerdem brauchte nur jemand den Vorhang beiseite zu schieben, und wir wären entdeckt worden. Damals war meine Phantasie einfach noch nicht schmutzig genug, um an so etwas wie Geld einwerfen zu denken. Ich wollte nur bumsen. Hier und jetzt.

Draußen. Draußen ist es jetzt dunkel.

Ich zog sie raus, da gab es einen kleinen Weiher mit jeder Menge Grünzeug und Büschen drum herum. Wie geschaffen dafür, um nicht gesehen zu werden.

Je mehr ich an ihr rummachte, desto weicher wurde sie. Sobald wir draußen im Dunkeln waren, faßte ich ihr von hinten zwischen die Beine, wir hatten soviel Sex gehabt, daß ich wußte, daß sie jetzt feucht war.

Die vierte Stelle, die ich vorschlug, paßte ihr dann auch. Ich machte ihre Hose auf, und meine Hand glitt in ihren Slip. Wir küßten uns, und ich spürte das Nasse zwischen ihren Beinen. Ich hatte schon seit einer Viertelstunde einen Ständer.

– Komm, dreh dich um.

Das hatten wir schon mal gemacht, das war jetzt fünfzehn Nächte her, die Silvesternacht. Im Stehen von hinten. Das fiel mir wieder ein, und mein Schwanz wurde noch härter. Ich knöpfte mir hastig die Hose auf, und Katja beugte sich ein wenig vor.

Wir zogen uns hinterher die Hosen hoch und gingen wieder runter in die U-Bahn. Zehn Minuten später saßen wir leider in verschiedenen Bahnen und fuhren nach Hause.

– Woow, sagte mein Freund, was für eine geile Art, seinen achtzehnten Geburtstag zu verbringen. Besser kann es doch gar nicht sein.

Ich meine, irgendwo hatte er wahrscheinlich recht, aber so hatte ich das noch nie gesehen. Ich mag zwar diese Erinnerung, weil ich mir vorstellen kann, daß es schön gewesen sein muß. Aber das war es nicht. Ich habe an dem Abend nicht viel gefühlt. Es gibt tausend bessere Arten, seinen achtzehnten Geburtstag zu verbringen.

Ich und eine Kassette

Sad winter mix '89 habe ich damals auf die Kassette geschrieben, ich konnte sie auswendig und kann es über weite Strecken immer noch. Als mein Vater bemerkte, daß sich die ganze Kassette anhört wie ein Trauermarsch, fühlte ich mich verstanden, aber dann auch wieder nicht.

Siehst du denn nicht, was mit mir los ist, warum ich das höre, hast du eine Ahnung, wie oft ich weine, weil ich es kaum aushalte? Ich bin allein, die Mädchen mögen mich nicht, ich habe nur Sehnsüchte, und manchmal möchte ich tot sein.

Das war die halbe Wahrheit, ich hatte eine Freundin, und wir bumsten, und ich hatte noch vor einem halben Jahr geglaubt, daß das die Lösung meiner Probleme wäre, aber die Verzweiflung darüber, daß es keinen Unterschied machte, war noch größer als die Verzweiflung vorher.

Ich lernte die Kassette auswendig, ich lernte meine Schmerzen auswendig, und ich hätte nie geglaubt, daß ich älter als fünfundzwanzig werde.

Ein Februarabend '97, ich höre die Kassette wieder. Das Leben tut immer noch weh, nicht mehr so oft, aber dafür heftiger. Es ist soviel geworden, so viele Erinnerungen, so viele Schmerzen, die Last, soviel gelebt zu haben, jeden Tag die ganze Vergangenheit mit sich rumschleppen zu müssen. Ich komme mir so alt vor, so kam ich mir damals schon vor, aber es ist kein Vergleich mit jenen Tagen und ich wäre gerne einfach nur so alt, wie ich mich damals fühlte, das erscheint mir bedeutend jünger.

Ich würde gerne noch mal mit meiner Mutter im Supermarkt stehen und mir die traurigsten Platten aus diesen Sonderangeboten an der Kasse raussuchen.

Heute bin ich allein, niemand, den ich anrufen könnte, immer noch die gleiche Anzahl von Freunden wie damals, ich bin immer noch derselbe irgendwie, ich gehe jetzt später ins Bett, ich trinke mehr, ich bumse öfter, ich habe mehr Erfolg, aber ab und zu holt es mich ein, abends allein, sad winter '89, und die nächsten acht Jahre auch, auch im Sommer.

Vielleicht werde ich es nie los, vielleicht tut es einfach nur weh, am Leben zu sein. Ich fühle mich so fremd und tot in dieser Welt. Vielleicht muß ich immer weiterschreiben. Gott bewahre mich davor.

Die Wahrsagerin

In Adana, der Stadt, in der ich geboren bin, haben viele der neueren Wohnungen mehr als nur einen Balkon, meistens zwei oder drei, weil die Sonne fast acht Monate im Jahr scheint und man es im Sommer drinnen kaum aushält. Die älteren Häuser haben nicht unbedingt Balkone, dafür aber manchmal Vorgärten und Veranden, früher war die Stadt noch nicht so zugebaut, und es gab draußen genug Platz. Damals wie heute ziehen es die etwas Reicheren sowieso vor, zumindest den August außerhalb der Stadt zu verbringen. Doch die Leute hier lieben die Sonne, am ersten schönen Frühlingswochenende packen sie ihre Sachen und gehen picknicken, sie grillen, kochen Tee und verbringen ihre Zeit auf den noch grünen Wiesen. Ich kenne keine andere Stadt, in der die Menschen geradezu danach gieren, mit ihren Tellern, Messern, Gabeln, Propangaskochern, Teekesseln, Spießen, Salatschüsseln und Obstschalen endlich im Freien zu sitzen.

In dieser Stadt bin ich zum ersten Mal zu einer Wahrsagerin gegangen, zu einer richtigen Wahrsagerin. Ich glaube an das Schicksal, ich glaube auch, daß man es beeinflussen kann, ich hatte mir schon oft aus der Hand lesen lassen oder aus dem Kaffeesatz, ich hatte mir die Karten legen lassen oder selber das I-Ging geworfen, aber ich war nie sonderlich beeindruckt gewesen von dem Ergebnis, manches traf ein, manches eben nicht, und ich stand diesen Menschen, die sich als Wahrsager ausgaben, sehr skeptisch gegenüber.

Das einzige, was mich immer wieder faszinierte, waren die vielfältigen Möglichkeiten, diesen Beruf auszuüben. Ich wünschte, ich könnte wenigstens vorgeben hellzusehen, sooft ich in fremden Ländern ohne Geld dasaß, ohne Job, ohne Aussicht. Handlesen für Dollars, Kartenlegen für Dinar, in die Glaskugel blicken für Peseten, in Touristenzentren finden sich immer genug Kunden.

Eines Tages erzählte meine Cousine mir von dieser Frau, die Tarotkarten legt.

– Als ich das erste Mal da war, habe ich mich so erkannt gefühlt, so durchschaut, es war eine schlechte Zeit für mich damals und ein unangenehmes Gefühl, es war, als würde sie mich mit kochendem Wasser überschütten, sagte sie.

Es reicht weit weniger, um meine Neugier zu wecken, und so gingen wir am nächsten Tag hin. Meine Cousine sagte, ich solle vorher meinen Namen und meine Fragen auf einen Zettel schreiben und ihn zusammenfalten und auch ihr nichts verraten, damit mir nicht hinterher Zweifel kämen. Sie erzählte mir auch, daß die Wahrsagerin ungefähr in meinem Alter sei und fünf Schwestern habe, von denen noch zwei die Zukunft voraussagen können, sie hatten es alle von ihrer Mutter gelernt und die wiederum von einer Zigeunerin.

Als wir kamen, saß die Mutter im Schneidersitz auf einem Diwan, ein Gläschen Tee in der Hand, sie mochte um die Fünfzig sein und war in dunklen Farben gekleidet, goldene Ohrringe und Armreife, doch die trugen hier viele. Ich erwiderte ihren Gruß, sie saß aufrecht und würdevoll da, es erinnerte mich an die Mafiabosse aus den Filmen. Sie unterhielt sich ein wenig mit meiner Cousine, während ihre Tochter im Nebenzimmer gerade noch jemand anders die Zukunft voraussagte. Ich saß da und war aufgeregt.

Nach kurzer Zeit schaute eine Frau ins Zimmer und verabschiedete sich, nach ihr kam die Wahrsagerin, ich konnte nichts Außergewöhnliches an ihr entdecken, sie trug gemusterte Hosen und eine Strickjacke, hatte ein paar Ringe an den Fingern, zwei oder drei Armreife und ein freundliches, offenes Gesicht mit dunklen, tiefliegenden Augen. Wir gaben uns die Hand, dann gingen wir rüber, sie setzte sich an das eine Ende eines Diwans, ich mich an das andere. Sonst waren nur noch ein Schrank und ein weiterer Diwan im Zimmer.

Sie fragte mich nach meinem Zettel, ich gab ihn ihr, sie hielt ihn mit einer Pinzette fest und zündete ihn dann mit einem Einwegfeuerzeug an, ohne ihn weiter beachtet zu haben. Die Asche ließ sie in ein Teeglas mit Wasser fallen, auf das sie ihre Hand legte und ein wenig schüttelte. Danach nahm sie die Karten, die vor ihr lagen, und fing an, sie zu mischen. Ich erkannte die Motive, Rider Waite Tarot, die deutsche Version, die hatte ich auch zu Hause.

Dann deckte sie eine Karte nach der anderen auf, fünf oder sechs in einer Reihe, als sie die zweite Reihe legte, fing sie an zu reden.

– In deinem Vornamen haben wir die Buchstaben I, M, E, K, Kerim, ich lege die Karten für deine Zukunft, Kerim.

Ich war erstaunt, nicht, weil sie meinen Namen gewußt hatte, den konnte sie irgendwoher haben, sondern weil sie sich noch nicht mal den Anschein gab, sich sehr konzentrieren zu müssen, sie sprach vielmehr schnell, ohne zu stocken, den Blick auf die Karten gerichtet, fast ohne jegliche Anteilnahme, und manchmal hatte ich Mühe zu folgen.

– Du hast zwei Fragen gestellt, die eine betrifft ein Projekt, eine Art Arbeit, etwas Berufliches, das dich im Moment sehr beschäftigt. Du erzählst es keinem, aber du bist innerlich aufgewühlt und mußt ständig daran denken, du quälst dich. Da ist eine kleine Frau, die dir eine Hilfe sein wird, und du wirst diese Arbeit erfolgreich abschließen.

Ich hatte noch niemanden erzählt, daß ich vorhatte, an einem der kommenden Tage einen neuen Roman anzufangen, niemand konnte wissen, wie sehr ich in letzter Zeit daran zweifelte, ob ich fähig sein würde, noch mal einen Roman zu schreiben, wie oft ich mir überlegte, ob ich nicht doch versuchen sollte, einen anderen Weg im Leben zu finden.

– Und du bist auf der Suche nach einer Wohnung, es gestaltet sich außerordentlich schwer, stimmts?

– Hmm.

Sie deckte noch ein paar Karten auf.

– Du wirst im achten Monat im Zusammenhang damit eine große Freude erleben. Hier ist eine Frau in deinem Leben, ihr gehört verschiedenen Religionen an, im Moment seid ihr getrennt, doch es ist keine schmerzhafte Trennung, ich sehe hier einen weiten Weg, ihr werdet wieder beisammen sein, aber es zeigt sich hier keine Heirat.

Wir waren beide nicht im eigentlichen Sinne religiös, aber was sie sagte, traf zu.

– Und hier ist noch eine Frau, mit der du blutsverwandt bist, eine sehr nahe Verwandtschaft. Hast du eine Schwester?

– Ja.

– Sie hat immer wieder ein Problem mit ihrer Gesundheit, das nicht vergeht, aber es ist nicht allzu ernst. Sie wird dir viele Sorgen bereiten.

Meine Schwester war Asthmatikerin, doch ich

konnte mir nicht vorstellen, wieso sie mir Sorgen bereiten sollte, wir kamen sehr gut miteinander aus.

– Außerdem sehe ich hier noch einen Weg für
dich, viele Leute sind gekommen, um dir zuzuhören, du
bist sehr glücklich deswegen.

In vierzehn Tagen hatte ich eine Lesung in Dres-
den, und es freute mich, daß wohl mehr als drei Zuhörer erscheinen würden.

– Noch Fragen?

– Was genau ist mit diesem Projekt?

Sie hatte nur noch wenige Karten in der Hand und
deckte vier oder fünf zugleich auf.

– Es wird dich eine Menge Mühe kosten, aber es
gelingt am Ende, mehr steht hier nicht. Sonst?

Ich zuckte mit den Schultern, mir fiel nichts ein, ich
hatte gehört, was ich wissen wollte, und es ärgerte
mich, daß das Schicksal wohl vorhatte, mich noch fünf
weitere Monate eine Wohnung suchen zu lassen.

– Ein allgemeiner Blick in die Zukunft?

Ich nickte, und sie deckte die restlichen Karten auf.

– Oh, deine Zukunft sieht sehr gut aus, sowohl finanziell als auch seelisch, aber du kommst immer nur in
kleinen Schritten vorwärts.

Ich bedankte mich, zahlte, wir verabschiedeten
uns, und ich ging mit meiner Cousine die Treppen runter, ich war nicht fähig, mich auf einen einzelnen Gedanken zu konzentrieren, ich versuchte mir noch mal
alles durch den Kopf gehen zu lassen, was sie gesagt
hatte, doch hatte ich wohl schon vieles in meiner Aufregung vergessen. Ich war erleichtert, und ich war
einige Minuten lang glücklich, ich brauchte mich nicht
zu quälen. Wenn es nur galt draufloszugehen, dann war
ich der Mann dazu, man mußte nur frohen Mutes sein.

Diese Frau wußte nichts von mir, nicht, woher ich
kam, was ich tat, was mein Herz erfreute und was mich

traurig stimmte, doch hatte sie mit allem richtig gelegen, sie war eine Seherin. Zumindest hatte sie die Gegenwart so gut erkannt, daß ich ihr auch in bezug auf die Zukunft vertraute.

Später stellte ich mir natürlich viele Fragen. Wie kann man aus Tarotkarten Buchstaben lesen? Ist es vielleicht doch nur Menschenkenntnis und Intuition? War, was sie gesagt hatte, nicht sehr allgemein und ich in meiner Art, alles gleich auf mich zu beziehen, ein willkommenes Opfer? Doch woher konnte sie von der Frau in meinem Leben wissen, daß gerade fast dreitausend Kilometer zwischen uns lagen und daß ich bald zurückfliegen würde?

Und wenn es stimmte, wenn sie wirklich wahrsagen konnte, was war das wohl für ein Gefühl, jeden Tag so auf den Grund von Menschen schauen zu können. Und was war das für ein Leben, in dem schon alles geschrieben stand.

– Legt sie sich auch selbst die Karten? fragte ich meine Cousine.

– Ja, jeden Tag.

– Aber dann weiß sie ja …

– Sie hat es mir so erklärt: Sie war mal verlobt, hat die Verlobung aber wieder gelöst, das dürfte ihr eigentlich nicht passieren, nicht wahr? Die Karten hatten gesagt, er sei ein guter Mann, ein aufrechter, ehrlicher Mensch, liebevoll, fürsorgend und eifersüchtig. Niemand ist ohne Fehler, hat sie sich gedacht, und wer ist schon nicht eifersüchtig. Doch dann stellte sich heraus, daß es bei ihm krankhaft war, er hätte sie am liebsten noch nicht mal alleine auf die Straße gelassen. Die Karten können ja nicht den Grad der Eifersucht anzeigen, hat sie gesagt. Das Schicksal zeichnet vielleicht den Weg, aber gehen mußt du selbst.

Ein Jahr später war ich wieder in Adana, in der Zwischenzeit hatte ich öfter den Wunsch verspürt, zur Wahrsagerin zu gehen, mich beruhigen zu lassen, nachzufragen, wie es weitergehen würde, wann die bösen Dinge ein Ende nähmen, doch da war die Entfernung.

Ich hatte den Roman beendet, aber ich war mir nicht sicher, ob er was taugte. Bisher hatte ihn nur meine Schwester gelesen, aber die hatte nicht viel damit anzufangen gewußt. Ich sehe einfach nicht, wohin du willst, hatte sie gesagt. Meine Schwester, sie hatte ihren Job verloren, ihr Mann hatte sie verlassen, sie hatte angefangen schwer zu trinken, drei oder vier Monate lang hatte ich kaum noch geglaubt, daß sie sich jemals wieder fangen würde. Wochenlang rief ich jeden Tag an und schlug ihr vor, zusammen etwas zu unternehmen, doch sie trank lieber, sie trank, fand nicht die Kraft aufzuhören und ekelte sich vor sich selbst. Ich hatte ihr Briefe geschrieben, sie gebeten, angefleht, ihr weh getan, ich hatte alles versucht, manchmal hatte ich mir gewünscht, sie möge weit weg wohnen, damit ich seltener an sie dachte, und mich dafür geschämt. Ende Januar hatte sie mit dem Trinken aufgehört, aber sie hatte immer noch keine Arbeit.

Auch ich hatte in letzter Zeit kaum etwas verdient, meine Vorschläge für Artikel wurden abgelehnt, der Laden, in dem ich nebenbei gearbeitet hatte, war pleite gegangen, ich wußte mal wieder nicht, ob ich nicht doch das Schreiben aufgeben sollte, dieser Roman hatte mich eine Menge Leben gekostet, ich fühlte mich müde, und eine Wohnung hatte ich auch nicht gefunden, was vielleicht auch an mir lag, denn im August hatte ich es vorgezogen, mit der Frau in meinem Leben wegzufahren, den ganzen Monat in einem Häuschen am Meer zu verbringen und mich in Ruhe ihr und dem

Roman zu widmen. Das Schicksal stand vielleicht auch nur mit Bleistift geschrieben.

Die Mutter der Wahrsagerin saß im Schneidersitz auf dem Diwan und trank Tee, als hätte sie seit dem letzten Mal nichts anderes getan, außer vielleicht noch ein paar Armreife gekauft. Die Wahrsagerin war nicht da, zumindest nicht die vom letzten Mal, aber ihre jüngere Schwester sei keinen Deut schlechter, versicherte mir meine Cousine.

Die beiden Schwestern sahen sich sehr ähnlich, diese hier mochte allerdings drei oder vier Jahre jünger sein. Es folgte dieselbe Prozedur wie beim letzten Mal, sie wußte meinen Vornamen und sagte dann:

– Kerim, du hast in letzter Zeit ein wenig Pech gehabt, die Sachen, die du angefangen hast, sind oft nicht zu einem Ende gekommen, aber dein Stern steht hoch, du hast große Chancen. Ich sehe hier etwas, das sich verselbständigt, eine Art Ruhm, etwas, wo du den Anfang gemacht hast, und der Rest ergibt sich einfach.

Ich dachte daran, daß mein Kurzgeschichtenband bald auf den Markt kam. Es ging mir nicht um Ruhm, aber er brachte einige Dinge mit sich, die mir wichtig waren.

Sie erzählte weiter, ich hätte Absicht, umzuziehen, es würde sich aber vorerst nicht verwirklichen lassen. Eine Person, die mit mir blutsverwandt war und mir viele Sorgen bereitet hatte, würde ihre Probleme lösen, wenn auch mit einer gewissen Verzögerung, man durfte nicht ungeduldig sein. Da war eine Frau, die mich bei meiner Arbeit unterstützte und da war eine Frau in meinem Leben, die einer anderen Religion angehörte, wir hatten gute und schlechte Tage miteinander. Ich würde bald zwei größere Summen erhalten, ich würde eine Reise zu einer Insel unternehmen.

Und sie sagte weiter, daß auf jemandem, der mir

sehr nahe steht, ein böser Fluch lastete. Außerdem würde ich eine Frau kennenlernen, die entweder geschieden war oder eine Verlobung gelöst hatte, es stünde geschrieben, aber sie könne keinen Zeitpunkt nennen. Eine Frau, die einen selbständigen Beruf ausübte. Da war die Möglichkeit einer Heirat in diesem Jahr, aber Genaueres konnte sie den Karten nicht entnehmen.

Später saß ich lange Zeit alleine auf dem großen Balkon meiner Cousine und starrte über die Dächer.

Dr. Gonzo

Auf einem Foto sieht man ihn in Jeans, schwarzem Hemd und grauem Hut und der unvermeidlichen Sonnenbrille. Er steht leicht vorgebeugt mehr als knöcheltief im Schnee, eine silbern glänzende Waffe in der Hand, ich bin kein Experte, ich weiß nichts von Marke und Kaliber, und er zielt auf eine elektrische Schreibmaschine, die drei Schritte vor ihm auf der Schneedecke steht. Im Hintergrund erheben sich ein paar Berge, und man sieht einige Büsche, doch ansonsten nur unberührtes Weiß im bläulichen Licht der Dämmerung.

Ich habe nicht die geringste Ahnung, was das bedeuten soll: Ein Mann, der seine Schreibmaschine erschießt. Nachdem schon so viele erzählt haben, sie würden versuchen ihre Schreibmaschine als Waffe zu benutzen.

Vielleicht hat es mit seiner Einstellung zum Schreiben zu tun. *Ich habe die Schreiberei immer als einen hassenswerten Job angesehen. Ich vermute, darin ähnelt es dem Bumsen, das auch nur Amateuren Spaß macht. Alte Huren kichern nicht viel. Nichts macht Spaß, wenn man es tun muß, nochmal&nochmal, wieder&wieder ...*

Auf jeden Fall mag ich dieses Foto, und ich kenne keinen Autor, von dem ich glaube, daß er sich so ablichten lassen würde.

Hunter S. Thompson, einer meiner schreibenden

Helden, ich war einundzwanzig, als ich *Angst und Schrecken in Las Vegas* in die Hände bekam. Danach ließ ich mir fast jedesmal, wenn ein Bekannter nach England fuhr, ein oder zwei seiner Bücher mitbringen, weil mein Geld nicht reichte für alle auf einmal und weil es immer noch kaum Übersetzungen gibt. Thompson hatte Stil, er hatte Tempo und Humor, einen scharfen Verstand, er war aggressiv und respektlos, er keifte, wütete und belferte, er war selbstverliebt und arrogant. Ein außergewöhnlich guter Schreiber, ich las sogar seine politischen Essays mit Begeisterung, das war eine eigene Form des Journalismus, und wenn ich mich umblicke, kann ich heute nichts Vergleichbares entdecken. Nach Thompsons Aussage handelt es sich *um einen Reportagestil, der auf William Faulkners Überzeugung basiert, die beste Dichtung sei weitaus wahrer als jede Art von Journalismus.*

Aber fangen wir doch von vorne an. Thompson, geboren 1937, stammt aus Louisville, Kentucky, einer Gegend, die nach seiner Einschätzung geprägt ist von einer ebenso begrenzten wie ignoranten Kultur und von übermäßiger Inzucht, bornierte Südstaatler und Hinterwäldler eben. Nach einer kleinkriminellen Jugend mit Tankstellenüberfällen und Diebstählen wird es ihm zur Bewährungsauflage gemacht, in die Army einzutreten. So dient 1957 der junge Thompson bei der Air Force in Florida, wo er Sportredakteur der Luftwaffenbasiszeitung wird. Man bescheinigt ihm schon dort außergewöhnliches schreiberisches Talent, doch der Mann ist aufsässig und kritisch, hält sich nicht an die vorgegebene Politik des Blattes und wird entlassen, immerhin ehrenhaft.

Er bekommt eine Stelle als Sportredakteur in einem Kaff namens Jersey Shore in Pennsylvania, wo er sich zu Tode langweilt, weil nichts los ist. Er fährt den Wagen eines Kollegen zu Schrott und flieht, bevor es Ärger geben kann, nach New York, wo er bei der Middletown Daily Record anfängt. Man ist dort zufrieden mit seiner Arbeit, aber nicht mit ihm selbst. Nach zwei Monaten fliegt er.

Thompson beschließt, sich vom Journalismus zurückzuziehen und Kurzgeschichten zu schreiben. Der umgekehrte Weg des traditionellen amerikanischen Schriftstellers, der sich abgelehnt, frustriert, finanziell vor dem Ruin immer wieder dem Journalismus zuwendet.

Mit Literatur ist kein Geld zu machen, aber Thompson findet lange Zeit auch keinen anderen Weg, er ist ständig pleite.

Erfolglos bewirbt er sich für alle möglichen Jobs, schließlich geht er 1962 nach Südamerika und berichtet von dort für den National Observer. Ein Blatt, für das er weiterhin Artikel schreibt, als er fast zwei Jahre später in die USA zurückkommt, über Hemingway, Marlon Brando, die Beatniks. Aber er will mehr, er sieht, was um ihn herum passiert, Berkeley, Kesey, die Schwarzen, die Hippies, die Anfänge einer neuen Subkultur, doch man will ihn nicht darüber schreiben lassen. Schließlich kündigt er, er hat die Schnauze mal wieder voll vom Journalismus. Eine der letzten Sachen, die er macht, ist ein Artikel über die Hell's Angels für Nation. Danach weiß er nicht mehr weiter, kein Geld, kein Job und wieder der Versuch, die Zeitungen zugunsten der Literatur aufzugeben.

Doch als der Artikel in Nation erscheint, hat er auf einmal Anfragen von Verlagen, ein ganzes Buch über die Angels zu machen. Ballantine bietet 6000 $ Vorschuß, 1500 $ davon bei Vertragsunterzeichnung, das beste Angebot, Thompson unterschreibt, kauft sich von dem Geld das zu der Zeit schnellste Motorrad und fängt an, mit diesen weintrinkenden, pillenschmeißenden, kriminellen Typen abzuhängen, die verrückt genug sind, sich mit allem und jedem anzulegen. Im Sommer '65 haben wir einen Hunter S. Thompson, der nicht mehr so genau weiß, ob er Nachforschungen für ein Buch betreibt oder ob er langsam aber sicher von der Outlawszene aufgesogen wird.

Ich hatte Journalismus immer als eine niedere Form der Arbeit betrachtet, eine linkshändige Angelegenheit, um Geld zu machen. Aber natürlich hatte ich nie irgendeine Art von Journalismus gesehen, die ich als etwas Besonderes empfunden hätte. Es war alles das gleiche, Zeitungsgeschreibsel.

Aber das hier ist etwas anderes. *Es war, als kriegte man einen Roman mit vollständig entwickelten Charakteren ausgehändigt.* Da macht ihm das Schreiben genausoviel Spaß, wie er es von seinen literarischen Versuchen kennt. Nach fast einem Jahr mit den Angels setzt er sich an das Buch. Für die erste Hälfte braucht er sechs Monate, dann bekommt er Panik, daß der Vertrag gekündigt werden könnte, wenn er den Abgabetermin nicht einhält. Er setzt sich ins Auto, fährt in ein abgelegenes Motel, bleibt vier Tage dort, schläft nicht, nimmt Speed, holt sich jeden Morgen einen Hamburger bei McDonalds und schreibt die zweite Hälfte.

Zumindest behauptet er das, es mag nicht unbedingt den Tatsachen entsprechen, aber wen schert das in diesem Fall.

Es ist ein gutes Buch, hier nimmt jemand das volle Risiko auf sich. Das sind keine Geschichten, die auf Aussagen von faschistoiden Bullen beruhen, und das ist auch nicht das distanziert-analytische Geseire von Intellektuellen. Thompson kann schreiben, er war selbst Teil der Szene, und er hat gleichzeitig genug Abstand dazu – die günstigsten Voraussetzungen.

Was Thompson betreibt, ist eine Form des Neuen Journalismus, eine Strömung in den Sechzigern, beeinflußt durch Leute wie Tom Wolfe, der das großartige *Unter Strom* geschrieben hat, die Geschichte von Ken Kesey und den Merry Pranksters. Man verzichtet darauf, den Anschein der Objektivität zu wahren, weil es eine wirklich objektive Berichterstattung einfach nicht geben kann. Der Unterschied zwischen so jemandem wie Wolfe und Thompson ist, daß Wolfe seine Geschichten rekonstruiert, während Thompson am liebsten mitten hineinstolpert.

Die Sechziger, eine große wilde Zeit, wenn man am richtigen Ort ist. Thompson ist da, ein Mann, der Zigaretten mit Spitze raucht, einen unversöhnlichen Haß auf Richard Nixon hat, einen großen Appetit auf Drogen, Wild Turkey, Meskalin und LSD, Haight-Ashbury, eine Zeitlang scheint alles möglich und der amerikanische Traum sehr lebendig.

Das ist alles so gut wie vorbei, als es 1970 zum Durchbruch des Gonzojournalismus kommt, Thompsons ureigener Form. Er hat den Auftrag, über das Kentucky-Derby in Louisville zu berichten. Sein Artikel fängt damit an, daß er beschreibt, wie er aus dem Flugzeug steigt, und dann beginnen auch schon die Schwierigkeiten. Kein Mietwagen, kein Hotel, keine Presseakkreditierung, und der Zeichner Ralph Steadman, mit dem er zusammenarbeiten soll, ist zunächst auch nicht aufzufinden. Und selbst später interessiert er sich nicht für das Geschehen auf der Rennbahn. *Wir waren gekommen, um die wahren Tiere in Aktion zu sehen.* Er sucht nach diesem Gesicht, das stellvertretend ist für die Stimmung auf dem Derby, damit Steadman es zeichnet: *eine anmaßende Mischung aus Schnaps, unerfüllten Träumen und unheilbarer Identitätskrise.*

Am letzten Tag, nach zuviel Alkohol und schlaflosen Nächten, nach zuviel Irrsinn und Dekadenz, sieht er es morgens im Spiegel: … *eine schreckliche Comicversion eines alten Schnappschusses aus dem Familienalbum einer einst stolzen Mutter. Es war das Gesicht, das wir gesucht hatten – und es war, natürlich, mein eigenes.*

Thompson erzählte später, daß er zur Deadline noch keine komplette Story hatte. *So habe ich schließlich die Seiten aus meinem Notizbuch gerissen, numeriert und an den Drucker geschickt. Ich war mir sicher, daß das der letzte Artikel war, den ich je für irgend jemanden schreiben würde. Und dann kam er raus, und es gab eine gewaltige Anzahl von Briefen, Anrufen, Glückwünschen, die Leute nannten ihn einen großen Durchbruch im Journalismus. Und ich dachte: Heilige Scheiße, wenn ich so schreiben kann und damit auch noch durchkomme, warum sollte ich weiterhin versuchen zu schreiben wie die New York Times? Es war, als fiele man einen Fahrstuhlschacht hinab und landete in einem Pool voller Meerjungfrauen.*

Es steckt wohl eine Menge Koketterie in so einer Aussage, aber Gonzo war geboren, eine subjektive, erzählerische Form, der Schreiber versucht an der Geschichte teilzuhaben und gleichzeitig darüber zu schreiben, was zu einer sehr nervenaufreibenden Sache werden kann. Es ist eine notwendigerweise selektive Form der Berichterstattung, und Thompson scheut sich auch nicht vor extremen Übertreibungen, um seinen Standpunkt zu verdeutlichen, doch er hält sich stets an die Fakten. Jemand hat mal gesagt, er würde die Wahrheit schreiben, aber abgesehen davon, daß es wohl unmöglich ist, die Wahrheit zu schreiben, meint Thompson selbst dazu: *Wenn ich […] immer wahrheitsgetreu berichtet hätte, würden jetzt ungefähr 600 Leute – einschließlich meiner selbst – in Gefängniszellen zwi-*

schen Rio und Seattle schmachten. Absolute Wahrheit ist im Bereich des professionellen Journalismus eine ebenso seltene wie gefährliche Sache.

1970 ist auch das Jahr, in dem Thompson in Aspen, Colorado, wo er mittlerweile wohnt, als Sheriff kandidiert. Ein Mann mit rasiertem Schädel, der fordert, daß Aspen per Volksentscheid in Fat City umbenannt wird, um den aufkommenden Tourismus zu hemmen. Der durchsetzen will, daß der Sheriff und seine Deputies niemals bewaffnet in der Öffentlichkeit erscheinen, und gleichzeitig jedem, der dumm genug ist, einen unbewaffneten Ordnungshüter anzugreifen, schreckliche Strafen androht. Ein bekennender Meskalinesser, der mit dem Foto einer onanierenden Japanerin für sich wirbt. Natürlich gewinnt er nicht, aber er hatte tatsächlich reelle Chancen, und zumindest hat er der Gegenseite einen Schreck eingejagt. Im Gegensatz zu den Hippies und Dropouts, die keinen Sinn mehr darin sehen, nach den Regeln der Gesellschaft zu handeln, sondern lieber versuchen diesen Regeln zu entfliehen, versucht Thompson, das ganze System als einen billigen Bluff zu entlarven.

Im Jahr zuvor hatte er für einen Joe Edwards, der auf sein Drängen als Bürgermeister kandidierte, den Wahlkampf organisiert – damals noch mit einem zahmeren Programm – und dabei gesehen, daß sich genug Hippies und Freaks mobilisieren ließen. 1969 verlor Edwards mit nur sechs Stimmen.

1971 kommt das Buch *Angst und Schrecken in Las Vegas* auf den Markt. Thompson hatte von einer Sportzeitschrift den Auftrag, über ein Motorradrennen zu berichten, er fuhr mit einem Freund, der Anwalt war, aus Los Angeles los. Was am Ende dabei herauskam, war nicht der verlangte 250-Wörter-Text, sondern diese irrsinnige, atemlose, drogengeschwängerte, abgedrehte Geschichte darüber, wie Thompson in Las Vegas als wandelnde Bombe herumläuft, am Leben bleibt und darüber schreibt. Wieder ein Stück Gonzo. Demnächst im Kino zu bewundern, mit Johnny Depp in der Hauptrolle. Wenn sie tatsächlich das Buch verfilmt haben und nicht irgendeinen nichtsnutzigen Drehbuchschreiber dazu verdonnert, es auf jede erdenkliche Art und Weise umzuschreiben, dann werde ich es mir eine Woche lang jeden Abend ansehen.

Als der erste Teil des Buches im Rolling Stone erscheint, bewirbt sich Thompson gerade um eine Pressezulassung für das Weiße Haus. Er wird Berichterstatter der Präsidentschaftskampagne 1972. Ihn interessiert, wie die Mechansimen der Macht funktionieren, warum der amerikanische Traum gestorben ist und wie so *habgiere, kleine Wichser* wie Nixon es bis zum Präsidenten schaffen.

Er schreibt ohne Rücksicht, seine Betrachtungen sind sehr aufschlußreich, schon allein, weil seine Sicht der Dinge sich natürlich grundsätzlich von der der hauptberuflichen Politjournalisten unterscheidet. Wahrscheinlich ist das ganze Spiel weltweit seit den Siebzigern noch bedeutend verlogener geworden, aber ich kenne keinen, der so offen und interessant darüber geschrieben hätte.

Thompson hat seinen Stil und seine Themen gefunden, nicht nötig, hier seine Biographie noch weiter auszuführen, er schreibt für Rolling Stone, den Playboy, Kolumnen für Zeitungen, hält Vorträge an Universitäten. Seine große Zeit ist natürlich vorbei, die Gegenkultur ist bis auf wenige Ausnahmen vermarktet, verkauft, verschluckt oder vergessen worden.

Manche meiner Helden habe ich dafür gehaßt, daß sie erwachsen wurden, aber Thompson ist wahrscheinlich tatsächlich ein wenig verrückt, so was wächst sich nicht raus. Auch wenn man bedenken muß, daß sein Talent zum Selbstdarsteller enorm ist und er wohl nicht der leichtsinnige, seltsame, wütende Drogenkopf ist, als den er sich gerne gibt. Dr. Thompson hat kürzlich ein Buch mit seinen gesammelten Briefen rausgegeben, wohnt weiterhin in Woody Creek, Aspen, Colorado und sitzt wahrscheinlich immer noch gerne splitternackt auf seiner Veranda und genießt die Farben und die Ruhe und grinst über die Zeitungsberichte, die seinen Tod melden, und ich warte immer noch auf das seit Jahren angekündigte Sexbuch mit dem Titel *Polo is my life*.

Sommer

Und dann kam endlich der Sommer. Letztes Jahr war er auch okay gewesen, nur hatte ich damals nicht Zeit und Geld gehabt, soviel ich nur wollte. Und ne ganze Menge anderer Sachen waren schiefgelaufen. Ich hatte mir in die Tasche gelogen, hatte nichts sehen und niemals untergehen wollen. Hinterher war ich erstmal weggefahren in die Sonne, zehn Wochen mit Menschen, die die jahrelange Hitze träge und genügsam gemacht hatte, und als ich zurückkam, war mir soviel aufgegangen, daß ich lange grübeln mußte. Den Rest des Winters und das, was sich Frühling nannte, verbrachte ich mit meinen Gedanken und Sorgen. Und fieberte dem Sommer entgegen, der mir dieses Jahr soviel versprochen hatte.

Und dann kam er, und ich stand da mit ausgebreiteten Armen. Oder was heißt das: 7 000 aufm Konto, keine Verpflichtungen und endlich ein Dealer, der nicht selbst ein unglaublicher Drogenkopf ist, das Sterne-Konzert, Rocko Schamoni, die Biergärten, der erste Song, den ich schrieb, der Basketball, und die einzige Entschuldigung, abends nicht auf dem Platz zu erscheinen, war, mit einer Frau unterwegs zu sein.

Es gab zu leben, selbst das Telefon wurde mein Freund, weil es endlich öfter klingelte, und manchmal waren einfach nur Leute dran, die mein Buch gelesen hatten und mich ein wenig loben wollten. So etwas wird ungefähr genauso schnell langweilig wie das Leben selbst.

Und dann diese Abende, an denen ich in der Wohnung saß und irgendwann nachts, angetrunken, Susanne anrief. Sie war immer zu Hause, eine Stadt weiter im Norden, ich holte sie von der Arbeit an ihrem Computer. Wahrscheinlich war es Zufall, aber es war wunderbar. Sie erzählte mir dann auf ihre schrille Art von ihren Problemen mit dem Job, den Männern, den Eltern, der Figur, dem Auto.

Ich genoß das. Nicht die Tatsache, daß es ihr nicht gutging, ich genoß es, dazusitzen, einen Drink in der Hand, und eine Stimme zu hören, das war schon ziemlich viel. Die Nächte fraßen mich auf, wenn ich nicht in einer lauen Luft irgendwo hocken und mit ein paar Leuten etwas trinken konnte. Solche Nächte fühlten sich an, als sei man bei voller Fahrt aus einem Auto ausgestiegen. Und erzähl mir keiner was von der Trägheit der Masse.

Das Wasser und der Wind auf meinen Mühlen, das Leben selbst, und tausend Gefühle und endlich immer wieder diese Gänsehaut auch bei dreißig Grad im Schatten. Es kam der Sommer.

Kein Spaß

Wir saßen zu sechst im Auto, und ich rollte bei Rot über die Kreuzung. Es war halb vier, ich war vom Gas gegangen, hatte die Bremse aber nicht berührt, weil weit und breit kein Mensch zu sehen war.

– Ich faß es nicht, sagte Ralf, da fährt der in aller Gemütsruhe über Rot.

Wir lachten alle, und ich freute mich, wie man sich eben freut, wenn man guten Gewissens gegen Regeln verstößt und ungeahndet davonkommt.

Meine Freundin saß auf dem Beifahrersitz und quiekte vor Vergnügen, und ich mußte daran denken, daß ich sie letzte Nacht betrogen hatte und daß das, wenn sie es eines Tages erfuhr, nicht ungeahndet bleiben würde. Und sie würde es erfahren, die Welt, in der wir lebten, war klein.

Jacqueline knackte eine Dose Bier. Sie war mich mit Stephan besuchen gekommen, die beiden wohnten in Bremen und gönnten sich zwei Tage Köln. Sie waren über fünf Jahre zusammen gewesen, als alles vor drei Wochen in die Brüche ging, weil Stephan schon seit längerem eine Affäre hatte. Sie wollten noch zwei schöne Tage, um sich dann endgültig zu trennen.

Stephan hatte nachmittags geweint, als wir im Wald spazierengegangen waren, und ich hatte mich fehl am Platz gefühlt, Jacqueline hatte gelächelt, und ich hatte gar nicht erst erzählt, daß die Frau mit der er fremd gegangen war, mich morgens angerufen und damit gedroht hatte, daß sie sich umbringen werde, wenn er nicht augenblicklich zurückkehre. Sie hatte ein Kind von vier Jahren und war geschieden. Auch den Rest ihrer Lebensgeschichte hatte sie mir unter Tränen erzählt. Solche Leute bringen sich nicht um, ich bilde mir etwas ein auf meine Selbstmörderkenntnis.

Jacqueline gurgelte mit dem Bier, und Stephan küßte sie auf die Wange. Ich rollte über die nächste rote Ampel, Jacqueline verschluckte sich und mußte fürchterlich husten. Wir anderen lachten noch mehr als an der ersten Ampel. Sven kurbelte das Fenster auf seiner Seite runter und streckte den Mittelfinger raus. Ein sicheres Zeichen von Reife, aber wir dachten, wir wären die Größten.

Die nächste Ampel war grün, und ich ging voll in die Eisen. Ein Spritzer Bier erwischte mich am Augenwinkel. Alle brüllten vor Freude, das waren die billigen Witze, die an solchen Abenden hervorragend funktionierten. Sven bedauerte, daß er nur zwei Mittelfinger hatte.

– Oh, Mann, sagte Ralf, das letzte Mal habe ich so gelacht, als ich im Winter mitten in der Nacht eine Panne auf der Autobahn hatte.

In die Verlegenheit würde er so schnell nicht mehr kommen, er hatte sein Auto verkauft, er brauchte Geld, er hatte seinen Job verloren und mußte sich langsam überlegen, ob es nicht besser war, einen Offenbarungseid zu leisten.

Sven holte einen Arm wieder rein und reichte mir die Flasche Jägermeister nach vorne. Ich nahm einen Schluck und gab sie an meine Freundin weiter.

– Ich bin Bond, bitte schießen sie langsam, sagte Ralf unvermittelt, und wir lachten wieder.

Es war keine ausgesprochen schöne Nacht, man konnte kaum Sterne sehen, und die Luft war unangenehm kühl. Wir waren in sehr ausgelassener Stimmung, und das Gelächter brach gar nicht mehr ab.

Vorhin in der Kneipe hatten wir mit Bierdeckeln gespielt, und zuletzt lagen sie um unseren Tisch verstreut auf dem Boden. An der Tankstelle hatten wir eine Erklärung dafür verlangt, warum weiße Schokolade teurer war als die normale Vollmilch, und darauf bestanden, nächstes Mal Faxe in Halbliterdosen zu bekommen. Sven ahmte den ganzen Abend schon Tom Cruise in *Top Gun* nach, bisher war uns die komödiantische Seite des Films einfach entgangen.

Ich riß das Steuer nach rechts rüber und nahm die Autobahnauffahrt, an der wir fast schon vorbeigefahren waren, die vier da hinten wurden zusammengequetscht. Wir mußten natürlich nicht auf die Autobahn, ich wollte nur den Augenblick hinauszögern, in dem ich den ersten zu Hause absetzen würde, ich wollte dem Spaß noch kein Ende bereiten.

Bis auf 160 beschleunigte ich, mehr gab der Wagen nicht her, aber wir schienen dahinzufliegen. Sven streckte wieder einen Finger raus, es wurde kalt im Auto, und ich hatte ein wenig Mühe, den Wagen auf der Spur zu halten.

Wir rasten vorwärts, wir hatten die Unbekümmertheit von Kindern, keinen drängte der Wunsch, in irgendeiner Form ernst genommen zu werden. Es war fast so, als hätten wir in dieser Nacht eine Chance zu entkommen.

Wir hatten alle in der letzten Zeit ein Stück vom Kuchen gehabt, doch wir waren alle noch nicht satt. Außerdem war klar, daß etwas anderes auf uns zukam. Vielleicht hatten wir Angst davor, aber vorerst bewegten wir uns im Niemandsland, irgendwo zwischen der Vergangenheit, in der Sven die Panne mit dem Kondom passiert war, und der Zukunft, die so voll von Problemen sein würde, daß wir ehrfürchtig die Augen schlossen, uns umdrehten und loslachten. Zum Teufel mit der Angst, wir waren Könige.

– Halt mal bitte an, sagte Jacqueline.

– Ach, Scheiße, sagte ich, wir fliegen gerade nach Acapulco, ich kann nicht mitten über dem Ozean anhalten.

– Ich muß kotzen.

In Rekordzeit auf dem Standstreifen und sogar das Warnblinklicht eingeschaltet.

Jacqueline stieg aus und beugte sich über die Leitplanke. Stephan sagte, er müsse ihr helfen, und stieg auch aus.

– Wie will er ihr denn helfen, höhnte Sven, will er ihr den Finger in den Hals stecken?

Wir glucksten fröhlich, Jacqueline brach die Salzbrezeln und das gute Biobier von Pinkus, den Jägermeister und die Bifi-Rolls aus.

Als wir weiterfuhren, sang einer unserer Helden, er hätte geträumt Brendan Behan getroffen zu haben. Wir grölten mit, vielleicht reichte es tatsächlich, fünfzehn Bier zu trinken, wenn die Welt einem zu dunkel erschien. Jacqueline nahm einen Schluck Jägermeister, und ich donnerte weiter sinnlos Richtung Neuss, wo ich mal einen Job gehabt hatte, Mülltonnen für Altpapier an Haushalte verteilen.

Ich erzählte von den Gestörten und Verstrahlten, die mir während der vier Monate in dieser Stadt begegnet waren, bei dem ganzen Mist waren ein paar Pointen rumgekommen, meine Freundin streichelte die Innenseite meines Oberschenkels, Stephan und Jacqueline knutschten, Sven konnte sich dazu durchringen, seinen Finger wieder reinzunehmen, und Ralf überlegte laut, wie er seine letzten zwanzig Mark anlegen würde.

Ich hielt an der Raststätte kurz vor Neuss, wir stiegen aus und besorgten uns mannigfaltigen Ersatz für die mittlerweile geleerte Jägermeisterflasche. Ralf holte über achtzig Mark aus dem Spielautomaten, und wir lachten Tränen.

– Die können mich noch vierzigmal feuern, sagte er, das Geld liebt mich einfach.

Jacqueline und Stephan verschwanden auf der Damentoilette. Als nach einer Weile eine Frau, die gerade Kamillentee getrunken hatte, aufstand und Richtung Klo ging, mußten wir losprusten.

Die beiden kamen kurz darauf wieder, Jacqueline sagte, sie liebe diese großen Spiegel.

Wir quetschten uns wieder ins Auto und fuhren zurück, es dämmerte schon, und ich dachte daran, wie ich früher diese Strecke in der Abenddämmerung gefahren war. Fertig, müde, mit dreckigen Händen und der Gewißheit, zu Hause nur noch ins Bett zu fallen und morgen noch mal den gleichen Tag zu erleben. Zumindest hatte ich mich damals dumm und dämlich verdient, weil ich einfach keine Zeit hatte, Geld auszugeben.

All diese Büsche am Wegrand, die ich zu gut kannte, sie sahen aus wie immer, anstatt mich freundlich anzulächeln, weil es mir gerade gutging.

Ralf meinte, er würde schlimmstenfalls Fernfahrer werden. Sven sah sich schon als Hausmann mit einem schreienden Kleinkind. Die Menschen, die irgendwo eine Frühschicht erwischt hatten, standen an den Haltestellen, als wir nach Köln reinfuhren. Manche drehten sich nach Svens Mittelfinger um. Keiner von uns mußte an diesem Tag zur Arbeit, keiner hatte irgendeine Verpflichtung. Das war ein Leben.

Später dachte ich an Katrin, die mich angerufen und mit Selbstmord gedroht hatte, während ich Jacqueline und Stephan im Nebenzimmer stöhnen hörte und meine Freundin neben mir schlief. Wieviel Kummer sie doch hatte.

Der Mann, der aufs Maul bekam

Es war eine ganze Weile her, daß ich mich über schlechte Kritiken ärgerte. Man braucht alle Arten von Menschen, um eine Welt zu machen, und ich war nie drauf aus gewesen, von allen geliebt zu werden. Wenn jemand meine Sachen nicht mochte, so war das okay, ich schrieb die Bücher nur, ich war nicht der Hüter ihrer Seiten. Ab und an fanden sich sogar Kritiker, die sie wirklich haßten, aufrichtig und leidenschaftlich, solche schrieben dann Besprechungen, die mein Herz erfreuten. Sie erfaßten manchmal genauer, worum es ging, als die, die versuchten mich zu loben, aber nicht genau wußten, wie man so etwas am besten macht.

Ich würde von gewissen Menschen immer Schelte einstecken, wenn sie überhaupt geruhten, mich wahrzunehmen, ich hatte mich damit abgefunden, und ich machte mir keine Gedanken mehr darüber, ob es Neid war oder Mißgunst oder einfach nur ein anderes Leben.

Und dann fing dieser Typ an, mich in seinen Artikeln in Nebensätzen unterzubringen. Die gleichen Fehler, die wir schon beobachten konnten bei …, genauso pubertär wie …, hat es sogar geschafft schlechter zu schreiben als …, wie auch der von der Presse zu Unrecht bejubelte …, der sich krampfhaft bemüht, seinen Texten eine Authentizität zu verleihen, mit stilistischen Mitteln, die alle schon aus den fünfziger Jahren kennen, sich gleich für einen Schreiber zu halten, nur weil man wie … schon mal besoffen einen Monolog auf einem Kneipentisch gehalten hat, noch sinnentleerteres Gefasel gibt es nur bei …

Überall mein Name. Weiß nicht, vielleicht war es eine gute Werbung, aber ich hatte keine Ahnung, was das sollte. Ich hatte nicht seine Frau gebumst oder so, ich kannte den Typen noch nicht mal, und das letzte Mal, daß ich betrunken auf einen Tisch gestiegen war, lag weiter zurück als meine erste Buchveröffentlichung. Ich hätte nichts gegen einen saftigen Verriß gehabt, aber das hier, das war was anderes.

Ganz abgesehen davon, daß schon einer dieser Nebensätze gereicht hätte, um mich wild zu machen, fragte ich mich, was diesen Sack eigentlich trieb. Er machte doch nichts, er schrieb nur über Leute, die etwas machten, und kam sich dabei noch wichtiger vor als die.

Man muß ein wenig Respekt haben vor den Menschen, zumal, wenn man nicht weiß, mit wem man sich anlegt.

Ich gehe normalerweise nicht auf diese Partys, wo sich Literaten, Maler, Journalisten und Mediengesocks aufhalten. Leute, die schreiben, sind meistens unausstehlich, getrieben von Ruhmsucht und Eitelkeit, innerer Leere und Minderwertigkeitskomplexen, empfindlich wie eine Nacktschnecke und dabei der Nabel der Welt. Entweder bejammern sie sich, oder sie lassen sich beglückwünschen, alles eine Frage der Verkaufszahlen und des Kontostandes. Und es liegt nie an ihnen, wenn ihre Bücher sich nicht verkaufen, der Verlag ist schuld, das Volk zu dumm, die Kritiker zu unfair, an Talent mangelt es keinem. Da kommen sie dann manchmal zusammen, jeder darf den anderen ein wenig bewundern, sich produzieren, man kann sich so wunderbar vorkommen, in dieser erlesenen Gesellschaft umherzuwandeln, und später gehen alle nach Hause und sind scheinbar glücklich.

Künstler, es kommt mir immer vor wie ein Schimpfwort.

Ich war an diesem Abend trotzdem dort gelandet, nach zwei Wodka zuviel, Oliver meinte, wir würden unseren Spaß kriegen, außerdem hatte ich Hunger, und Sekt und Häppchen waren natürlich umsonst. Ich fragte gar nicht erst, woher er die Einladungen hatte.

Er zeigte ihn mir, als ich gerade ein Stück kalten Braten auf meinen Teller gelegt hatte und mir diese Gesichter ansah, die ich höchstens aus der Zeitung kannte. Was für ein schlecht angezogenes, ekelerregendes Volk, und alle redeten und lachten viel zu laut. Keiner schien ein Herz zu besitzen.

– Das ist übrigens dieser Harnasch, der dich in letzter Zeit so in die Pfanne haut.

– Ah, ja?

Er nickte. Ich gab ihm meinen Teller, schnappte mir auf dem Weg noch ein Glas Sekt und ging zu diesem Typen. Etwa so groß wie ich, blond, Geheimratsecken, ein Bauch, die Bildung ins Gesicht geschrieben, Jeans, teure Schuhe, ein dunkelblau kariertes Hemd und ein schwarzes Sakko. Zarte Hände mit langen dünnen Fingern und einen schmalen Strich da, wo andere Leute Lippen hatten. Er stand dort mit zwei Frauen, die eine hatte lange, dunkle Locken und war fast fünfzig, die andere war blond und bedeutend jünger, aber sah so aus, als hätte sie noch nie in ihrem Leben Spaß gehabt.

Ich legte ihm meinen Arm um die Schulter und stieß mein Glas an seins.

– Na, wie gehts denn so?

Er sah mich an, es ist keine Eitelkeit, wenn ich sage, daß er wohl wußte, wer ich war, mein Foto war hier und da mal abgedruckt worden. Er verzog keine Miene und sagte nichts. Ich beugte mich zu ihm, meine Lippen berührten fast sein Ohr.

– Hör mal, ich mags nicht so gerne, wenn man versucht, mir ans Bein zu pinkeln. Im Grunde kann das wahrscheinlich niemand leiden. Ich denke, du kennst das Zeug, das ich schreibe. Worauf vertraust du?

– Wollen Sie mir etwa drohen?

Ich drückte ihm die Schulter, nicht brutal, aber kräftig, dann ließ ich los, drehte mich um und ging.

Der kalte Braten schmeckte vorzüglich, und später nahm ich auch noch ein Glas Sekt mit auf den Heimweg.

Es verging eine Woche, und alle konnten es lesen: dieser Ausbund an Primitivität versucht neuerdings, seine schreiberischen Schwächen durch Kraftmeierei und Nötigung auszugleichen.

Herr Harnasch hatte anscheinend keine Ahnung, worum es hier ging. Oder vielleicht war das auch seine Vorstellung von Journalismus. Recht auf freie Meinungsäußerung und niemandem die Wahrheit vorenthalten, die man gepachtet hat. Ich hatte dieses linksalternative Volk noch nie gemocht.

Wir sahen uns wieder. Städte sind meist sehr klein, und es reichte nicht, daß ich mich von den Partys fernhielt.

Es war im Winter, ich fuhr auf dem Rad an ihm vorbei, brauchte zwei Sekunden, bis ich das Gesicht einordnen konnte, dann bremste ich und fuhr zurück.

– Guten Tag, Herr Harnasch.

Er sah mich an, gelassen, ich stieg ab und stellte mich vor ihn.

– Sie werden doch jetzt wohl keine Dummheit begehen.

Ich legte den Zeigefinger auf die Lippen, pscht, machte ich. Es gibt Leute, die fordern es in ihrer Selbstherrlichkeit geradezu heraus, und ich schreibe so, wie ich schreibe, weil ich so lebe, wie ich lebe. Pscht, machte ich noch mal und kam ein Stück näher, als er gerade wieder ansetzen wollte, mittlerweile ein wenig unsicher vielleicht.

– Ich weiß ja genau ...

Pscht, machte ich ein letztes Mal, wobei ich mich ein wenig nach hinten lehnte. Dann nahm ich den Zeigefinger von den Lippen und knallte meine Stirn in sein Gesicht. Ich hörte das Geräusch. Sein Nasenbein. Wunderbar.

Er kann mich mal mit seiner Anzeige wegen Körperverletzung, ich würde es immer wieder tun. Ich bereue es nicht, ihm auch noch aufs Auge geschlagen zu haben, mir doch scheißegal, wenn sich jetzt seine Pupille nicht mehr zusammenzieht.

Ich verstehe nicht, worauf er vertraut hat. Ich wollte nur ein wenig Respekt, und jetzt Harnasch, sieh mal nach oben, das ist kein Regen.

Es ist nicht wahr

Die Umgebung ist düster und chaotisch, eine schmale Gasse mit schiefen Häusern links und rechts, die aussehen, als könnten sie jeden Moment einstürzen. Sie geht, als müßte sie noch irgendwohin, auf diesem Kopfsteinpflaster, das bei jedem Schritt ein wenig nachgibt. Dann bleibt sie kurz stehen, öffnet den Mund ein wenig, stößt mit ihrer Zunge gegen ihre Zähne, die daraufhin ausfallen. Sie blutet aus dem Mund, sie will die Zunge vorsichtig zurückziehen, doch da fallen schon die nächsten aus, sie spuckt sie zusammen mit Blut und Speichel in ihre Hand und sieht sie an. Als erwarte sie Hilfe, blickt sie nach links und rechts, doch die Häuser scheinen unbewohnt, sie fängt an zu rennen, der Traum endet.

Ich drückte auf die Taste, um ihn mir noch mal anzusehen, dieses Mal achtete ich nur auf die Häuser, ich war fasziniert von den Details, man konnte sogar Schatten von Möbeln erkennen. Ich wußte nicht, wer die Frau war, aber seit einigen Monaten sah ich mir jeden ihrer Träume an, den ich in die Finger kriegen konnte.

Sie hatten diese Maschine erfunden, die Träume aufzeichnen konnte, lange Jahre hatten Wissenschaftler sich neue Erkenntnisse mit Hilfe des Traumrecorders erhofft, aber die inneren Realitäten entzogen sich ihren Methoden. Schließlich hatte ein findiges Unternehmen das Gerät auf den freien Markt gebracht. Die Leute hatten es gekauft, wie sie alle neuen Erfindungen kauften. Es hatte Talkshows gegeben, wo jeder seine Träume zeigen und mit Psychologen in aller Öffentlichkeit darüber diskutieren konnte. Der Voyeurismus hatte einen Höhepunkt erreicht, hier konnte man endlich mal etwas sehen, das vorher unsichtbar gewesen war. Doch es verlor sehr schnell seinen Reiz, die meisten hatten kaum Interesse, sich diese wirren Träume der anderen anzusehen, und die eigenen wurden auch bald langweilig. Zudem kam gerade Sutamin auf den Markt, und das war viel unterhaltsamer. Unter Sutamin dehnte sich die Zeit, in einer Viertelstunde, die man mit geschlossenen Augen dalag, konnte man zwei Wochen in dieser anderen Welt leben, die sich einem da auftat. Es war so, als spielte man die Hauptrolle in einem Film. Wenn das Sutamin langsam anfing zu wirken, konnte man das Szenarium in seinem Kopf entwerfen, und irgendwann kam dann der Punkt, von dem ab sich die Figuren und die Umgebung verselbständigten und man nur noch die Kontrolle über seine eigenen Handlungen hatte. Es gab verschiedene Sorten Sutamin, speziell für Humor, Action und Romantik, und die Hersteller konkurrierten mit immer neuen Kreationen.

Die Welten des Sutamin ließen sich nicht mit dem Traumrecorder aufzeichnen, und die Träume der Sutaminköpfe waren immer farblos, vage und unscharf.

Nachdem die Recorder ein Jahr auf dem Markt waren, war dann die Zensurbehörde eingeschritten, Träume waren unter einundzwanzig nicht mehr frei zugänglich. Zuviel Gewalt, hatten sie gesagt, zuviel Sex, zuviel verstörende Bilder, ein paar Jugendliche waren angeblich durchgedreht. Die Traumatheken hatten seitdem einen ähnlich schlechten Ruf wie die Pornokinos früher, kaum jemand gestand mehr öffentlich, daß er sich Träume ansah.

Ich hatte nie daran gedacht, daß ich etwas rauskriegen könnte, das den Wissenschaftlern entgangen war, ich hatte sowieso nie daran geglaubt, daß es einen Universalschlüssel zum Verständnis der Träume geben konnte. Es war einfach eine eigene Welt, man konnte mit der Zeit vertrauter mit ihr werden, begreifen, wie sie funktionierte, aber ich sah keinen Sinn darin zu versuchen, irgendein Geheimnis zu enträtseln oder eine endgültige Erklärung zu finden, genausogut konnte man sich auf die Suche nach Atlantis machen oder dem heiligen Gral.

Ich mochte die Träume einfach so, wie sie waren, ich mochte diese labyrinthartigen Wege und Gänge, ich liebte die Bilder und Farben, die grotesken Situationen, die Aufhebung von Raum und Zeit, die überdrehte Phantasie. Die Welten auf Sutamin waren mir zu langweilig, und so ging ich immer, wenn ich genug Geld hatte in die Traumathek. Eine Disc für einen Tag zu leihen kostete soviel wie vier Sutamin, aber das war es mir wert. Manchmal überspielte ich mir etwas und sah es mir wieder und wieder an, ich lebte in den Träumen anderer Menschen.

Es erinnerte mich ein wenig an die Spielkonsolen früher, als ich stundenlang einen Typen mit einer Waffe in der Hand durch endlose Korridore gesteuert hatte und dann aufstand und zum Kühlschrank ging, mir noch ein Bier rausnahm und auf einmal für einen Moment irritiert war. Scheiße, wo habe ich meine Knarre gelassen? Später hatte ich keinen Spaß mehr an so etwas, weil es so vorhersagbar war.

Den ersten Traum von Donna, ihr Künstlername wahrscheinlich, hatte ich mir aus der Ecke mit den erotischen Träumen ausgeliehen. Man sah sie auf dem Cover, eine Frau um die Dreißig mit schwarzen, schulterlangen Haaren. Sie lag rücklings auf einem Bett, das mit orangeroter Seide bezogen war, die Hände im Nacken, den Kopf auf die Seite gelegt, die Augen geschlossen. Sie hatte weiße, halterlose Nylonstrümpfe an, die fast bis zu den Knien runtergerollt waren, ein weißes Höschen kringelte sich um ihre Knöchel. Es hatte etwas Unschuldiges, Gelöstes an sich, es sah nach einem echten Traum aus und nicht nach einer dieser perfekten Computeranimationen, die mittlerweile über die Hälfte des Angebots ausmachten.

In meinem Zimmer legte ich die Disc ein und wartete auf das erste Bild. Nach den üblichen Hinweisen der Zensurbehörde, erschien Donna, sie lag so da, wie auf dem Cover und wartete anscheinend. Es war ein kleines Schlafzimmer ohne Fenster, man sah nur das Bett und die weißen glattverputzten Wände. Auf einmal war ein nackter Mann im Raum, schlank und dunkelhaarig, Donna stand auf und schloß ihn in ihre Arme. Sie ließen sich küssend aufs Bett fallen, und schon bald schliefen sie miteinander. Es war nicht ausgesprochen spannend oder erotisch, aber ich sah es mir wieder und wieder an. Irgendwie schien es mir, daß Donna sich anders fühlte als sonst, wenn sie mit einem Mann im Bett war, irgend etwas lag in der Luft, das ihr eine Erfüllung zu geben schien, die über Sex hinausging. Oder vielleicht war es genau so, wie Sex sein sollte.

Beim dritten Mal fiel mir auf, daß die Wände manchmal einen grünen oder roten Schimmer bekamen. Ich muß mir die Disc an dem Abend bestimmt zwanzigmal angesehen haben, ohne daß ich herausfand, was mich faszinierte.

Das Bild verblaßte einfach nach wenigen Minuten, und der Traum brach ab. Ich stellte mir vor, wie sie sich im Bett aufsetzte, ein früher Morgen, und vor sich hinmurmelte: »Schön.« Jemand lag neben ihr und fragte:

»Was? Erzähls mir.« Sie antwortete: »Es war schön. Da gibt es nichts zu erzählen.«

So häufig hatte ich mir früher auch meine eigenen Träume angesehen, es war eine Zeitlang herrlich gewesen, ich hatte mich schon darauf gefreut, wenn ich die Tür aufschloß, manchmal hatte ich die ganze Nacht vor dem Monitor gehangen mit roten, müden Augen. Doch dann hatte ich angefangen, von meinen Träumen zu träumen, alte Erinnerungen hatten sich mit ihnen vermischt, ich bekam Mühe auseinanderzuhalten, was real war und was nicht. Anfangs mochte ich dieses Gefühl, nur mit der Zeit wurde ich immer verwirrter und gereizter, die Bilder in meinem Schlaf wurden verzerrter und alptraumhafter, ich wachte schweißgebadet auf, bekam im wachen Zustand Panikattacken, meine Stimmungsschwankungen wurden unberechenbar. Ich merkte, daß ich diese Probleme mit fremden Träumen nicht hatte.

Auf der nächsten Disc, die ich mir auslieh, flog Donna. Ich war immer wieder beeindruckt, wie universell manche Inhalte waren. Der ewige Fall, bei dem man nie unten ankam, das Versagen der Stimme oder der Beine, die Flucht, die Verwandlungen, die Ohnmacht.

Während ich aber einfach abhob und mit den Armen schlug, als wären sie Flügel, mich darüber wunderte, wie einfach das war, und mich allein von meinem Glücksgefühl tragen ließ, mußte Donna sich anstrengen. Es dauerte eine ganze Weile, bis sie den Boden verlassen hatte, und dann hielt sie sich mit Schwimmbewegungen plump und unsicher in der Luft, sie brauchte lange, um Vertrauen in diese Fähigkeit zu gewinnen, und selbst dann schien sie sich nicht frei zu fühlen. Sie flog über unheimliche und morastige Landschaften, es tat mir fast schon ein wenig leid, doch mich rührte ihr heroischer Trotz, wie sie verbissen in der Luft blieb, obwohl es ihr solche Mühe bereitete.

Ich lieh mir alle ihre Träume aus, die ich bekommen konnte. Sie schien anders zu träumen als die meisten, farbiger, intensiver, sehnsüchtiger und erfüllender.

In einem Traum war sie in der Wüste, sie saß einfach da, man hörte Digeridoos. Plötzlich sprang sie auf und drehte sich um, hinter ihr waren zwei grausam aussehende Harlekine. Die Musik verstummte, Donna rannte los, sie wollte schreien, aber es ging nicht, die Wüste bekam einen rötlichen Schimmer, die Harlekine bissen ihr immer wieder in die Ferse, doch Donna rannte weiter. Es erstaunte mich, daß die Beine ihr gehorchten. Der Sand sah jetzt aus wie getrocknetes Blut, Donna fing an zu schwitzen, sie verlor ihre Sandalen und lief barfuß weiter. Aus irgendeinem Grund schien sie das zu beschämen. Sie rannte, bis am Horizont ein gelbes Meer sichtbar wurde, sie wußte, daß sie gerettet sein würde, wenn sie es bis dorthin schaffte. Es war so schön, als sie Minuten später kopfüber hineintauchte.

Ich hatte eine Ahnung, wie man aus so einem Traum erwachte. Mit dem deutlichen Gefühl, daß es noch mehr gab, als man auf der Welt erleben konnte, daß irgendwo eine Erlösung auf die Seele wartete.

Natürlich wollte ich sie kennenlernen. Ich hatte das Gefühl, sie so gut zu verstehen, ich glaubte wir würden uns lieben, wenn wir uns sahen.

Sie träumte nie von modernen Städten, Autos, U-Bahnen, Kaufhäusern, ich fragte mich, ob sie irgendwo an einem friedlichen Ort lebte, abgeschieden von dieser kranken Welt, die wir uns erschaffen hatten.

Ihre Adresse mußte im Computer der Vertreiberfirma zu finden sein, ich bemühte mich einige Tage, den Code zu knacken, dann sah ich ihre neueste Disc.

Donna stand auf den Stufen eines aztekischen

Tempels, ein Priester schnitt einem Mann den Brustkorb auf, riß ihm das Herz heraus und hielt es der Sonne entgegen. Sie schien nicht besonders berührt zu sein, sie wandte sich ab und ging in den Wald. Dort setzt sie sich mit dem Rücken an einen Baum, alle Pflanzen hatten ein Bewußtsein und redeten leise durcheinander. Das Gemurmel verstummte, als eine uralte, freundlich aussehende Indianerin auftauchte.

»Es ist nicht wahr«, sagte sie, »es ist nicht wahr, daß wir auf diese Erde kommen, um zu leben. Wir kommen hierher, um zu schlafen und zu träumen.«

Ende der Linie

Dank an alle, die von Anfang an an mich geglaubt haben, und alle, die mir geholfen haben.

Grillfest

Es waren genug Eiswürfel im Wodka, ich brauchte mir keine Sorgen zu machen, daß ich mein Glas zu nahe am Grill abstellte. Die Hosenbeine meiner Jeans wurden ziemlich heiß, immer wieder legte ich die Zange beiseite und hielt den Stoff mit spitzen Fingern von der Haut weg.

Die Kohle glimmte, es waren viele Leute da, die ich nicht kannte, ich lächelte jeden freundlich an, wenn er mit einem Teller kam. Am Grill stehen, hinter den Plattentellern, am Faß, hinter der Theke, am Eingang, schöne Orte, wenn man guter Laune ist, weil man da möglichst viel davon verbreiten kann. Ich strahlte einen Typen mit blondierten Haaren an, während ich ihm Hähnchenflügel gab, er mochte so siebzehn sein, und ich versuchte mich zu erinnern, wie ich mich damals gefühlt hatte. Ich sah ihm nach, wie er sich neben ein Mädchen mit rundem Gesicht und großen Augen setzte.

Nach einer Weile kam Matteo und fragte mich, ob er mich ablösen solle, ich hätte doch bestimmt auch Hunger. Ich nahm mir einen Teller, legte mir ein paar knusprige Stücke drauf, ein wenig Salat, nahm mein Glas, ging zu Marina, wartete ein paar Augenblicke, bis sich meine Hose abgekühlt hatte, und setzte mich dann neben sie.

– Na, Süße, habe ich das nicht toll gemacht?

Sie drückte mir mit vollem Mund einen kleinen Kuß auf die Lippen. Es gab immer wieder Tage, an denen ich ganz erstaunt war, wie gut sie aussah, Marina, meine Liebste.

Als ich meinen Teller leer hatte, sah ich rüber zu Matteo, sein Rücken verdeckte fast den Grill. Ich fragte mich, ob er auch Probleme mit zu heißen Hosenbeinen hatte. Ich hätte gerne wieder mit ihm getauscht, damit er ein wenig mit Anna, die gerade erst gekommen war, zärtlich sein konnte, doch zuerst wollte ich noch einen von diesen Spießen. Ich stand auf und blickte erst mal nach oben. Zwei langezogene blasse Wolken, die Sonne goß langsam ihre Farben aus, ein herrlicher Tag, der gerade zu Neige ging. Dann schaute ich mich um, es war voller geworden, die Leute saßen an Tischen, auf Treppenstufen, auf dem Rasen, mit Tellern und Gläsern in der Hand, unterhielten sich, aßen und tranken, aus den riesigen Boxen auf der Veranda hörte man Les Negresses Vertes, an solchen Tagen kommt man gar nicht umhin, an Gott zu glauben, an die Liebe, an die Freude.

– Ich nehm noch so einen scharfen Spieß.

Matteo trank einen Schluck von seiner Limonade und verzog angewidert das Gesicht.

– Ist ja pißwarm geworden.

– Du darfst dein Glas nicht so nahe am Grill abstellen.

Er nahm sich eine Marlboro aus der Schachtel, steckte sie an und suchte mir einen Spieß, der schon durch war.

– Soll ich dich danach ablösen?

Er schüttelte den Kopf und grinste.

– Ne, ich atme hier noch ein wenig den Duft ein und sehe mir in Ruhe die ganzen Mädels an.

– Na klar, sagte ich und ging wieder zu Marina. Den Duft einatmen, sich die Mädels ansehen und rauchen. Bevor ich Matteo getroffen hatte, hatte ich mir immer gewünscht, so jemanden kennenzulernen.

Mit den Leuten, die ich kannte, zog ich durch die Kneipen und Clubs, wir tranken fast jeden Abend, versuchten Spaß zu haben, nahmen im schlechten Licht Blickkontakt mit Frauen auf, gingen tanzen, kickern oder flippern, stanken morgens nach kaltem Rauch oder schlimmeren Dingen. Dabei hätte ich gerne jemand gehabt, mit dem ich in einem Café sitzen konnte, reden, Stunde um Stunde die Zeit totschlagen, ohne einem Vergnügen hinterherzuhetzen, die Maserung des Tisches auswendig lernen, trödeln, Kaffee trinken, rauchen, abhängen, das ist doch das Schönste. Wer braucht schon diese Läden, aus denen man immer wieder betrunken raustorkelt.

Doch ich kannte niemanden, der diese Art von Zeitvertreib nicht langweilig fand. Es mußte irgend etwas passieren, oder zumindest mußte die Möglichkeit bestehen, daß das Abenteuer hinter der nächsten Ecke lauerte, man mußte etwas erleben oder zumindest konsumieren, immer in Bewegung bleiben. Es war fast so, als glaubten sie an ein Gesetz, das besagte, daß man fleißig sein mußte für seinen Spaß.

Vielleicht fehlt mir einfach nur die Energie, dachte ich manchmal, vielleicht werde ich alt. Zu müde, die Freude zu suchen, der leise Frieden reicht mir schon, billige Kompromisse, ich will nicht mehr den Mond entzweibrechen und die Sterne vom Himmel holen, es genügt, wenn ich sie mir ansehen kann.

Aber solange ich zurückdenken konnte, hatte ich schon immer diesen Wunsch verspürt, meine Zeit einfach nur zu verplempern, das war Luxus, das waren die großen Erfolge in meinem Leben, mich nachmittags noch mal eine Stunde hinzulegen und wegzudösen, nachts um zwei anzufangen, Gulasch zu kochen, mich drei Tage nicht mehr von meiner Spielkonsole zu entfernen.

Und dann lernte ich Matteo kennen, das war jetzt fast zwei Jahre her.

Es gab kaum schöne Cafés in der Stadt, welche, die nicht auf amerikanisch machten oder existentialistisch, komplett mit Freejazzbeschallung, welche ohne teuere Cocktailkarte oder Chromtische, wo sich das Publikum nicht aus Studenten, sogenannten Lebenskünstlern, Getreidekaffeetrinkern, Kultur schwitzenden Mittvierzigern, philosophisch Interessierten und Selbstdarstellern zusammensetzte.

Wir hatten die Eidechse, da saßen wir, an schönen Tagen an einem Tisch auf der Straße, redeten, nippten an den Getränken, ich gewöhnte mir das Rauchen wieder an, wir kannten alle Kellner, manchmal setzten sie sich nach der Arbeit zu uns. Wir starrten den Frauen hinterher, besonders wenn der Frühling kam und sie alle schöner zu werden schienen. An mindestens vier Tagen der Woche hingen wir da rum, tranken Milchkaffee oder Tee, Bitter Lemon, Espresso, aber selten mal ein Bier oder einen Wodka. Matteo trank nur, wenn er sich betrinken wollte, er zischte nicht nebenbei zwei, drei oder vier Bier, und das machte es mir leicht, auch darauf zu verzichten.

Es gab da noch ein paar andere Jungs, die mit uns in der Eidechse abhingen, Rumänen, Kroaten, Griechen, Türken, es schien kein deutsches Ding zu sein, diese Art der Meditation, diese Gelassenheit, der Fatalismus. Du und deine Kifferfreunde, mußte ich mir manchmal anhören, aber die wenigsten hier standen auf Gras, sie wollten ein wenig Koffein und zwei Schachteln am Tag.

Was hatten wir nicht schöne Abende in der Eidechse, manchmal war mir nach Abwechslung, und ich ging tanzen oder auf ein Konzert, aber ich hätte auch darauf verzichten können. Es war schön an Tagen, wo andere auf Teufel komm raus feiern wollten, Tanz in den Mai, Geburtstag oder so, einfach ins Café zu gehen und den Abend mit Gesprächen verstreichen zu lassen, zurückgelehnt und entspannt.

– Vergiß alles, hatte Matteo mal gesagt, Hauptsache du kannst hier sitzen, rauchen, und es gibt Frauen. Vergiß doch deinen Quatsch mit den Drogen, es geht nichts über einen richtig geilen Arsch.

Vermutlich hatte er recht. Wir sahen uns beide am liebsten üppige Formen an, wir hatten da einen ähnlichen Geschmack, aber wir kamen nie in Versuchung, wir mochten es einfach, zu gucken.

Ich ging noch mal in die Küche, Eiswürfel, Wodka, ein Spritzer Tabasco, und setzte mich wieder an den Tisch.

– Wir fahren morgen nach Almería, sagte Anna gerade zu Marina.

– Was? fragte ich, Matteo hat gar nichts davon erzählt.

– Wir haben es heute morgen erst beschlossen, ihr könnt ja mitkommen.

Marina und ich schüttelten gleichzeitig den Kopf, sie mußte arbeiten, ich mußte mir einen Job suchen, sehr bald, es sah wieder nach einem Sommer ohne Geld für mich aus. Ich verspürte einen leisen Neid, die beiden würden fahren, wir würden hierbleiben, die Abende in der Eidechse etwas langweiliger werden, ich mochte zwar die meisten, aber niemand kam Matteo gleich.

Später am Abend, als ich schon ein wenig angetrunken war und mich mit der Frau mit dem runden Gesicht unterhielt, kam Matteo und drückte mir Blättchen, Tabak und Gras in die Hand.

– Das ist eine gute Nacht, um mal wieder zu rauchen.

Da konnte ich ihm nur recht geben, die Luft war weich, vorne auf der Terrasse tanzten ein paar Leute ausgelassen, man konnte sich einfach zu irgendeinem Grüppchen stellen und reden, es waren die Stunden, in denen es keine Fremden mehr gibt auf einer Party, man lief sich vor der Toilette oder dem Kühlschrank über den Weg, lächelte, sagte einfach etwas, was Belangloses. Bist du der Typ, der rumläuft und Witze erzählt, und ich fing schon wieder an mit dem Frosch, der Jim Beam trinkt, und ging hinterher an die Anlage und legte Niños con bombas auf und sang mit: Read, read poetry, never mind the police.

Und dann saß ich also da, im Schein einer Kerze, und Matteo kam vorbei.

– Was ist denn, bist du immer noch nicht fertig?

Ich machte absichtlich noch ein wenig langsamer, und als sich ein paar Minuten später der Geruch verbreitete, kamen die Schnorrer, und Matteo zuckte mit den Schultern, ich hab genug dabei, sollte das wohl heißen, und ich zog noch ein Blättchen aus der Packung und rollte einen neuen Filter.

Im Morgengrauen saßen wir dann zu viert an der Bahnhaltestelle, zum erstenmal seit einem halben Jahr wieder breit, wir starrten auf die Schienen und in den Himmel, alle mit einem verzückten Grinsen im Gesicht. Schon von weitem sahen wir diesen Betrunkenen in unsere Richtung kommen, er mochte Ende Zwanzig sein, ein Typ mit einem etwas teigigen Gesicht mit dunklen Augen darin, glanzlose Haare und Koteletten bis fast zum Kinn. Er schien in einer erbärmlichen Verfassung zu sein, er brauchte keine zwei Minuten, um damit anzufangen, uns sein ganzes Leben zu erzählen. Wahrscheinlich kennt das jeder, ein absoluter Tiefpunkt, ein

Amboß senkt sich auf deine Seele, dein Leid wird unermeßlich, die Welt zu einem stinkenden, eitrigen Geschwür, alles Blut wird schwarz, keine Freude, kein Licht kann mehr dein Herz erhellen.

Wir hörten ihm zu, wie er von seiner Frau erzählte, sie hatten soviel gemeinsam durchgestanden, sie waren wirklich geprüft worden. Ihre Eltern waren gegen die Beziehung gewesen, weil er ein einfacher Arbeiter war und sie noch zu jung, später hatte er einen schweren Unfall gehabt und fast sechs Monate im Krankenhaus gelegen, sie war nicht von seiner Seite gewichen. Dann hatte er seinen Job verloren, gerade als ihre Eltern ihr die Unterstützung strichen, die ungewollte Schwangerschaft, die Hochzeit, auf der sich die beiden Väter geprügelt hatten, alles, alles hatten sie gemeinsam gemeistert, und jetzt, wo das Leben endlich ruhiger wurde, die großen Probleme verschwanden, alles nur noch Kleinkram war, jetzt, wo er einen Staplerschein und eine Arbeit hatte, jetzt stritten sie sich nur noch, jeden Tag Beleidigungen und Gebrüll, Worte schärfer als Chilischoten, eine Hölle mit Kind in vier Wänden, er konnte nicht mehr, dabei liebten sie sich doch, sie hatten doch schon viel größere Schwierigkeiten überwunden, das mußte doch ein Klacks sein, aber er verlor die Hoffnung.

Ich nickte ab und zu, die anderen auch, manchmal kippte seine Stimme, und ich befürchtete, er könne gleich anfangen zu weinen. Als er eine Pause machte und seine Stirn gegen die Scheibe vor den Fahrplänen knallen ließ, sagte Matteo:

– Du kannst durch einen reißenden Fluß schwimmen, aber hinterher in einer Pfütze ertrinken, das ist ganz normal. Es ist doch immer der Alltag, der zählt, der Rest ist fast immer einfach.

Ich sah mir den Typen genau an, doch er zeigte

keine Reaktion, stand da mit der Stirn gegen die Scheibe gelehnt und schwankte ein wenig. Ich erhob mich und legte ihm einen Arm um die Schulter. Dann küßte ich ihn auf die Wange. Es kamen keine Worte, also setzte ich mich nach einer Weile wieder und versuchte meine Gedanken zu ordnen, um herauszufinden, ob Matteo recht hatte. Vermutlich schon.

Die Bahn kam, wir konnten den Typ nicht zum Einsteigen bewegen, er wollte noch irgendwo etwas zu trinken auftreiben, ich faßte ihn am Arm und sagte:

– Du wirst es schon irgendwie hinkriegen, du wirst einen Weg finden.

Als Marina und ich aussteigen mußten, küßten wir Matteo und Anna, Matteos Bart kratzte, das weiß ich noch genau, und Annas weiche Lippen trafen mein Ohr. Draußen legte ich meinen Arm um meine Süße, und wir gingen in diesem milden Licht nach Hause.

Matteo und Anna haben wir nie wieder gesehen, sie fuhren nach Spanien und verschwanden, keine Spur, weder von ihnen noch vom Auto, seit einem Jahr nicht. Manchmal denke ich, ich müßte losfahren, sie suchen, so wie es die Typen in den Filmen und Büchern tun, manchmal flackert eine Hoffnung in mir auf, dann zünde ich mir noch eine Zigarette an und versuche nicht auf das Leben zu fluchen.

Inhalt